돌을 깨우다

돌을 깨우다

구자인혜 소설집

아시아

차례

해설

작가의 말

박 씨의 돌

호미의 예리한 끝부분으로부터 미세한 느낌이 전해졌다. 부드럽게 흙 속을 들어가던 호미 끝이 돌의 저항에 부딪힌 것이다. 이럴 때는 호미질을 멈추고 파던 곳의 주변을 파야 했다. 호미 날의 방향을 바꾸어 옆 부분으로 파 들어가면 돌은 쉽게 모서리를 드러냈다. 모서리를 발견하면 호미 등으로 돌의 모서리 부분을 땅땅 두들겼다. 두들김은 작은 울림을 만들어 땅속의 침묵을 깨웠다. 서로 맞물려 견고했던 물림이 그렇게 조금씩 와해되면 호미 날로 그 틈을 파고들었다.

'그래, 너였구나. 이제야 발견했네. 어두운 곳에서 오랜 세월 견뎌냈어. 이제 환한 곳으로 자리를 옮겨볼까?'

호미 등으로 돌의 모서리를 두드려주는 것은 넌지시 말을 거는 행동이었다. 땅속에 오래 있다 보니 주먹만 한 돌일지라도 땅과 혼연일체가 되어 꿈쩍도 하지 않는 경우가 많았다. 돌이 할 수 있는 강한 거부의 표현이었다. 그럴 때 모서리를 땅땅 쳐주는 것이 효과적이었다. 이 방법은 남편이 가르쳐주었다. 비록 무생물이지만 오랜 시간 한자리에 있었으니 그곳에 정착하려는 의지가 있지 않을까 싶었다.

'자, 이제 그만 세상 밖으로 나가보자. 너희들을 꺼내줄게.'

호미로 툭툭 치면 돌이 답을 했다. 흙과 돌이 흔들리며 작은 틈을 보여주는 방식이었다. 그 균열 사이로 호미 날을 들이밀고 흙과 돌을 분리해 돌을 꺼냈다. 돌을 꺼내다 보면 서너 개는 보통이고 일고여덟 개의 돌이 무더기로 있거나 커다란 바위가 드러나기도 했다. 이럴 때는 더욱 힘껏 호미 날을 땅속으로 들이밀었다.

호미 다음 단계로 삽과 곡괭이의 힘이 필요했다. 이 일은 주로 박 씨가 맡았다. 작은 돌을 캐내다가 커다란 돌을 발견하면 박 씨가 나설 차례였다. 삽을 들고 온 박 씨는 끙끙 소리를 내면서도 기어이 돌을 꺼내 올렸다. 젊은 시절 유도를 했다는 그는 승부욕이 강했다. 큰 돌을 발견하면 크기나 무게에 상관없이 어떡하든 꺼내고야 말았다. 박 씨와 나는 돌을 캐고 또

캐었다. 캐낸 돌을 옮기고 또 옮겼다. 큰 돌은 농사용 리어카를 이용해 박 씨가 옮겼고, 작은 돌은 플라스틱 물통에 담아 내가 날랐다. 돌을 나르며 생각했다. 돌도 이 시간을 기다려왔을까, 아니면 더 긴 시간의 동면을 원했을까. 호미와 대화를 해야 겨우 틈을 내주었던 돌은 더 깊은 침잠을 원했는지도 모른다.

"작가님, 큰 창피를 당해본 적 있으세요?"

오늘 박 씨의 첫 마디는 의외였다. 시작이 여느 때와 달랐다.

"나는 공직자로 은퇴했어요."

맨 처음 만나 인사를 나눴을 때 박 씨는 이렇게 서두를 떼었다. 과거완료가 되어버린 '전직 공직자'는 그에게 일종의 면류관이었다. 늘 호시절을 되뇌던 그 역시 돌처럼, 원하지도 않았는데 동면에서 깨어난 것일까.

"경감으로 승진되고 얼마 지나지 않아서였어요. 지금은 유명 정치인이 된 분이 경찰청을 방문했어요. 경찰청의 총지휘를 맡고 있었는데 무슨 말을 하나 잘 들어보려고 맨 앞줄에 앉았어요. 각 지역에서 차출된 경찰들이 꽉 차 있는 부산경찰청 강당이었지요. 그러다 그만 깜박 졸았지 뭡니까. 지금도 그 양반한 성질 하는데 그때는 굉장했어요. 연설을 멈추더니 맨 앞줄에 졸고 있는 아무개 일어나라고 버럭 소리를 지른 겁니다. 옆 사람이 툭 친 것 같기도 하고……. 뭔가 싸한 느낌에 눈을 퍼뜩 떴어요. 보니, 그분이 나를 손가락으로 가리키고 있었어요. 당장 일어나 앞으로 나오라고 호통을 치는데 내 정신이 아니었어요. 그 많은 사람들 앞에 나가 10여 분 서 있었는데 어찌나 창피하던지…….”

아무리 부지런히 호미질을 해도 끝이 보이지 않는 고랑이었다. 허리가 점점 더 아파왔다. 허리 통증 때문에 무릎을 꿇고 땅을 팠다.

“창피하다는 것은 곤란한 순간에 드는 감정이지요. 자신에게 실망을 하는 감정이고요. 하지만 새로운 자각을 할 수 있다는 점에서는 좋은 계기가 될 것 같아요. 아마 박 사장님도 그 일이 좋은 경험이 되었을 거예요.”

“아, 작가님 말이 맞아요. 그때 그 창피함이 전화위복이 되었어요. 그다음부터 무엇을 하든 다시는 졸지 않았고 매일 그날 일을 기록하고 반성하는 습관을 가지게 되었거든요.”

내 말이 위로가 되었는지 그의 목소리 톤이 높아졌다.

“그렇게 창피하기는 중학교 때 전국체전 유도 결승전 이후 처음이었지요.”

비닐 위에 흙을 덮는 단순한 작업이 이렇게 힘이 드는 줄 몰랐다. 박 씨와 작업을 맞추려고 아무리 애를 써도 자꾸 뒤처졌다. 말이 터진 박 씨 목소리가 더욱 높아졌다.

"우리 할아버지는 경주에서 알아주는 만석꾼 부자셨어요."

박 씨 집안이 영주 일대에서 알아주는 부자였다는 말은 귀에 못이 박히도록 들었다. 하지만 열 번 스무 번 똑같은 말을 해도 늘 처음 하는 것처럼 신바람을 내는 박 씨 앞에서 엊그제도 말했는데 또 하느냐고 할 수는 없었다. 나는 아, 그래요? 하며 처음 듣는 표정을 지었다.

"동네 제일가는 부자셨는데 독립운동 자금을 대주다가 일경에게 붙잡혀 들어가셨어요. 아버지는 일경을 피해 다니느라 자녀 교육에 신경 쓸 겨를도 없었다고 해요."

가세가 기울어진 걸 알아차린 박 씨는 어려서부터 운동에 뛰어들었다. 얼마나 열심히 했는지 중학교 때는 유도 대표 선수가 되었다고 했다.

"소년체전에서 유도 선수로 결승전까지 올랐는데, 그런데……."

박 씨가 계면쩍게 웃었다.

"어느 순간 다리를 삐끗하는 바람에 그만 맥없이 자빠진 거예요. 상대를 들어보지도 못하고 제풀에 뒤로 나자빠진 거죠. 선생님과 유도부 친구들이 한심하다는 듯이 쳐다보는데, 눈앞이 캄캄하고 어찌나 창피한지 몇 날 며칠을 밥도 안 먹고 울었지요."

유도 대표 선수였다는 것만 입버릇처럼 내세우던 박 씨가
이렇게 흑역사를 털어놓기는 처음이었다. 눈앞이 캄캄했다는
그의 말에, 난생처음 눈앞이 캄캄했던 기억이 불현듯 떠올랐
다. 길을 잃었던 기억이었다.

여섯 살 무렵, 외사촌 언니 결혼식을 보러 서울 외갓집에
갔다. 엄마는 오랜만에 만난 친정 식구들과 시장이며 동대문
포목점이며 분주하게 오갔다. 집에서는 책을 읽어주며 도넛을
만들어주던 엄마였는데 서울에 오자 나는 관심 밖이었다. 엄
마가 외숙모와 시장에 간다며 나섰다. 당연히 데리고 갈 줄 알
고 준비하던 나는 어느 틈엔지 엄마가 살짝 가버렸다는 걸 알
았다.

서운한 마음에 모르는 어른들 틈에서 빠져나와 문밖으로 나
섰다. 누상동 골목을 나와 대로변으로 걸었다. 수도국도 지나
고 커다란 옛집도 지났다. 하지만 아무리 걸어도 시장은 나오
지 않았고 꼬불꼬불 이어진 한옥들이 나타났다. 서울의 낯선
골목길을 걷고 또 걸었다. 눈물은 이미 말랐고 어찌나 엄마를
불러댔던지 목이 가라앉아 소리조차 나오지 않았다.

그렇게 누상동과 누하동 일대를 한참 헤매다 보니 골목이

낯익었다. 몇 시간 전 엄마를 부르며 헤매던 골목에 또 들어선 것이었다. 이곳을 내가 어느 시점에 지나쳤더라. 찬찬히 기억을 더듬으며 걷는데 저 멀리서 사촌 오빠가 한달음에 달려왔다. 외숙모도 뛰어오고 엄마도 울며 달려왔다. 결혼식 준비는 뒷전이고 나를 찾느라 집안이 발칵 뒤집혔고 외삼촌은 막 신문사에 가려던 참이었다.

그때 여섯 살 소녀가 느꼈던 '눈앞이 캄캄함'은 두려움이었다. 가족을 잃어버리거나 집을 잃어버리는 것은 어린 소녀가 감당하기에는 벅찼을 것이다. 박 씨가 느꼈던 '눈앞이 캄캄함'의 의미를 더 묻지 않았다. 가난을 벗어나기 위해 죽자고 매달렸던 운동이었는데 어이없는 실수로 메달을 따지 못했을 때의 상실감이 이해되었기 때문이다.

그 후 엄마는 어디를 가건 꼭 내 손을 잡고 다녔다. 엄마와 같이 걸어갔던 종로통은, 시골에서 산으로 들로 뛰어다니며 놀던 내게 신세계였다. 당시만 해도 거리 곳곳에서 냉차를 팔았다. 보리차에, 설탕도 아니고 사카린을 넣었을 냉차. 하지만 그 맛을 잊을 수 없다. 어린 나에게 서울이라는 큰 도시가 주는 의미는, 가슴속까지 시원하고 짜릿한 단맛을 내는 냉차 같았다. 결혼식을 마치고 청량리역에서 다시 기차를 탔다. 들과 산을 지나 멀고 먼 연천 신답리로 돌아가는 길은 왜 그리 심심하고 단조롭던지. 서울에 갈 때 감정과 돌아올 때의 감정이 왜 이렇게 다른지 스스로에게 묻던 기억이 났다.

박 씨가 고랑 양 끝에 지지대를 꽂았다. 지지대를 끈으로 단단히 묶고 펄럭이는 끈 밑으로 반듯하게 줄을 그었다. 줄에 맞추어 검정 비닐을 풀어 펼쳐놓은 뒤, 비닐을 고정시키기 위해 양쪽에서 흙으로 덮어나갔다. 박 씨의 맞은편에 선 나도 호미로 땅을 파 비닐을 덮어나갔다. 고추를 심기 위해 밭고랑을 만들고 검정 비닐을 멀칭하는 작업이었다. 멀칭을 하려고 비닐이 말려 있는 원통을 들고 고랑 사이를 누비는 박 씨가 여느 때와 다르게 보였다.

가는 곳마다 대접을 받으며 전성기를 누렸던 박 씨였다. 박경감님에서 박 씨로 불리게 되는 간극은 좁혀지기 어려웠고 스스로 납득하기에 긴 시간이 필요했을 것이다. 부족함을 모르던 사람이 은퇴 후 사회의 틀에 맞추려니 아귀가 맞지 않고 틀어지는 불협화음은 예견된 일이었다. 평생 공무원으로 일하다 퇴직해 연금을 받으니 노후 걱정은 없었다. 하지만 은퇴라는 사회의 틀에 갇혀 있기에는 너무도 혈기 왕성했다. 천성적으로 부지런한 그는 무엇이라도 해야 했다. 그의 은퇴 후 첫 직업은 산불 지킴이였다. 한겨울에도 산을 누볐다. 눈으로 얼어붙어 옴짝달싹 못해도 산을 떠날 수 없었다. 그는 곡괭이를 들었다. 누구 땅이든 무슨 땅이든 파헤쳐서 심고 가꿀 심산이었다. 그렇게 박 씨는 덕경원 주변에 자리 잡았다.

밭고랑 사이에 무거운 원통을 내려놓으며 박 씨가 말을 이었다.

"학교로 돌아와 시험을 봤는데 565명 중에서 563등을 했어요."

"그런 분이 어떻게 경찰이 되셨어요? 요즘 경찰은 공부도 잘해야 하던데요……."

비닐멀칭을 위해 호미로 땅을 파는 작업은 군데군데 박혀 있는 돌을 캐내느라 느려지곤 했다. 나는 열심히 돌을 파내며 그의 말에 추임새를 넣었다.

"아니래요. 나 때는 몸 좋고 운동한 사람은 쉽게 경찰이 되었어요. 군대에 다녀와서 뭘 할까 고민하다가, 마침 경찰 뽑는다는 광고를 보고 응시한 거예요."

박 씨는 경상도 특유의 억양으로 우렁우렁 말을 이어 나갔다. 구청에 일을 보러 갔다가 순경을 뽑는다는 채용 공고를 우연히 보게 되었고 바로 지원서를 제출했다고 했다. 단단한 체력과 유도를 한 경력으로 쉽게 합격할 수 있었다. 집안에서는 경사라고 잔치까지 벌였다고 했다. 오늘따라 박 씨는 쉽게 꺼내기 힘든 이야기를 술술 풀어냈다.

"그렇게 파출소 순경이 되어 열심히 일했어요. 파출소 뒤편 공터에 농작물을 심어 가꾸어 주민들에게 나누어 주고요. 동네에 있는 나무란 나무는 때만 되면 전지가위를 들고 다니며 모두 정리를 해주었지요. 수고했다고, 고맙다고 주민들이 먹을 걸 싸 들고 오기도 하고, 밥 사 먹으라고 지폐 몇 장 찔러주기도 했어요."

체격 좋은 젊은 순경의 삶이 저절로 그려졌다. 그때도 박 씨는 빈터만 보이면 농작물을 심고, 손질이 필요한 나무만 보이면 누구 것이든 가리지 않고 가지를 쳐주었을 것이다. 하지만 그의 순수함은 '젊은 순경'이라는 깔끔한 옷을 걸쳤을 때뿐이지 않았을까. 그를 향한 반감이 슬며시 고개를 쳐들었다.

"부산 시내로 순찰을 나가면 주위 상가 주인들이 모두 접대하려고 갖은 애를 다 썼어요. 사실 내가 돈을 내고 무엇을 해야 한다는 것을 퇴직하고야 알았어요. 옷도 주는 것을 입고 신발도, 모자도 모두 나라에서 주는 것으로 해결했으니까."

박 씨는 공직자로 은퇴했다는 말을 늘 입에 달고 다녔다. 평생 나라에서 주는 옷과 모자, 신발로 살아서였을까, 박 씨는 낫과 호미, 곡괭이 등 농사일에 필요한 모든 것을 우리 것으로 해결했다. 남편의 장화를 신고 밭에 나갔고 남편의 모자를 쓰고 밭을 누볐다. 육백 평이 넘는 밭을 오가며 부지런히 일하는 모습은 충분히 감동적이었지만 우리 농사 장비를 아무렇지도 않게 가져다 쓰는 모습은 그다지 좋아 보이지 않았다.

"적어도 호미랑 장화 정도는 가지고 다녀야 하는 거 아냐?"

하나에서 열까지 우리 것으로 해결하려는 그에 대한 불만을 남편에게 털어놓았다.

"그 양반은 내 것이 그렇게 좋아 보이나? 허허."

남편은 대수롭지 않게 웃고 넘어갔다. 남편이 그럴수록 나는 더 비판적이 되었다. 적당한 거리를 유지하기 위해 선을 잘 그어야 한다고 설득했다. 지나친 양보와 배려는 오히려 바보로 취급하는 세상이 아닌가. 더구나 이곳 사람들에게는.

오랜 시간 방치되었던 땅을 돌아보게 된 것은 불과 몇 년 전이었다. 나무만 심어놓았던 농장이었다. 남편과 나의 이름을 섞어 덕경원이라는 이름까지 지었다. 이제부터는 본격적으로 땅을 손볼 생각이었다. 간격을 맞춰 가지런히 심어놓았던 묘목들이 얼마나 자랐을까. 두근거리는 마음으로 산을 찾았던 우리는 아연실색했다.

조용하던 밭은 소란스럽게 변해 있었다. 뽕나무, 감나무, 매실 등 정성을 다해 심어놓았던 유실수들은 흔적도 없었다. 그

자리에서 박 씨가 농사를 짓고 있을 뿐이었다. 휴경하던 옆 밭도 영역 다툼이 끊이질 않았다. 특히 우리 농장과 경계를 이룬 딸기밭 주인과 포도 농원 주인은 마주치기만 하면 언성을 높이기 일쑤였다. 이들의 길고 긴 싸움이 언제 끝날지 아무도 몰랐다. 딸기밭 여자와 포도 농원 남자의 싸움은 점점 격렬해졌다. 급기야 포도 농원 주인은 딸기밭 여자를 경찰에 신고해버렸다. 자기 밭에 무단으로 농작물을 심었다는 이유였다. 출동한 경찰은 딱히 해결 방법을 찾지 못했는지 이웃끼리 잘 해결하라는, 시큰둥한 답을 남기고 돌아갔다. 화가 난 포도 농원 남자는 자신의 밭을 포함하여 비어 있던 밭까지 몽땅 울타리를 쳤다.

주인 있는 땅입니다. 허락 없이 들어오면 경찰을 부르고 벌금을 받겠습니다.

울타리에 경고 팻말을 걸어놓았다. 팻말은 딸기밭 여자가 즐겨 다니던 통로에 나붙었다. 둘의 싸움은 포도 농원 남자의 일방적인 승리인 것 같았다. 이후 딸기밭 여자는 덕경원 담장 한쪽을 뜯어내고 다니기 시작했다.

뒤늦게 나타난 우리 부부가 보기에 이 모든 상황은 불합리할 뿐 아니라 납득하기 힘들었다. 불행 중 다행이랄까. 둘의 싸움에서 어부지리로 얻은 것도 있었다. 포도 농원 남자가 스스로 출입구를 막아버린 것이다. 우리 농장 가운데 버젓이 길을 내고 차를 몰아 자신의 농원 앞에 주차하던 그였다. 그냥 막아버리고 싶었지만 이웃인데 길은 내주어야 할 것 같아 만든 출입구였다.

"언니, 나는 어떻게든 다닐 수 있으니 그 출입구를 막아요. 그 작자는 다른 길도 있는데 왜 하필 이곳으로 다니는데? 싸움할 구실을 찾는 거잖아요."

안면을 튼 딸기밭 여자는 잊을 만하면 쪼르르 달려와 나를 부추겼다. 하지만 자꾸 분란을 일으킬 필요는 없겠다 싶었다. 우리 땅에 밭을 일군 걸 가지고도 길을 막았다고 우기는 사람인데 출입구를 막는다면 더 시끄러워질 게 분명했다.

출입구를 막으라고 바람을 넣기는 박 씨도 마찬가지였다. 내게는 포도 농원 남자나 딸기밭 여자나 박 씨까지, 조금만 틈을 보여도 농장을 자신들의 구역으로 만들, 오십보백보인 사람들이었다.

그들 입장에서는 노는 땅이 있어 '옳다거니' 하고 밭을 만들었는데, 어느 날 주인 부부가 나타난 셈이었다. 우리는 덤프트럭을 불렀다. 포클레인으로 땅을 파고 평평하게 일구었다. 600평 가까이 되는 밭을 일구려면 전문 농사꾼도 쉽지 않은 일이었다.

포도 농장 일을 도와주며 자투리땅을 빌려 농사짓던 박 씨는 우리가 나타나자 태도를 바꾸었다. 밭의 실질적 주인인 우리와 친해지기로 작정한 듯 보였다. 남편이 덤프트럭을 불러 땅을 정리하는데 박 씨가 찾아왔다. 밭 한구석을 조금 경작하고 싶다는 것이었다. 어차피 우리가 모두 관리하기에는 능력 밖이었기에 남편은 쾌히 승낙했다. 그 후부터 박 씨는 야금야금 자신의 영역을 넓혀갔다. 박 씨는 딸기밭 여자와 어우러져, 주인이 나타나지 않는 옆의 땅에도 농사를 지었다. 내가 있는데도 주인 없는 땅을 몇 년 경작하면 소유권이 넘어온다는 이야기를 거침없이 나누었다. 마치 들으라는 듯.

세상에는 아주 악한 사람도, 아주 선한 사람도 없다. 상황이 나와 맞으면 좋은 사람이고 맞지 않으면 나쁜 사람일 뿐이었다. 박 씨도 나쁜 사람은 아니었다. 늘 열심히 일했고 밭에서 기른 상추나 토마토 등 작물을 주위 사람들과 흔쾌히 나눌 줄도 알았다. 사회성도 좋을뿐더러 착실했다. 무엇이든 열심이어서 어디에 갖다 놓아도 불가능을 가능으로 만들 사람이었다. 다남동 산기슭에 펼쳐진 밭을 경작하는 가가호호 사람들은 그에 비하면 우물 안 개구리였다.

2년이 지나자 어린나무와 잡풀로 뒤덮여 숲을 이루었던 덕경원은 밭과 고랑이 분명해졌다. 화단에서는 꽃들이 제철 꽃을 피우며 화사한 모습으로 나를 반겼다. 처음에는 무슨 일을 어디서부터 어떻게 시작해야 할지 막막하기만 했다. 그러나 이제는 농장에 들어서면 호미와 낫부터 챙겨 집어 든다. 지금 해야 할 일과 지금 필요한 일이 무엇인지 알아서 하는, 진정한 농부가 되어가는 중이다.

농자천하지대본이란 옛말이 아니어도 덕경원의 채마밭은 남편과 나의 일상을 채웠다. 식탁은 푸성귀와 산나물로 풍성했다. 직접 씨를 뿌려 기른 상추와 오이로 겉절이를 하고 열무와 얼갈이배추로 김치를 담갔다. 단호박을 사다 먹고 씨를 묻었더니 떡잎이 헤아릴 수 없을 만큼 올라왔다. 모종을 옮겨 심자 호박 덩굴이 농장 구석구석 뻗어나갔다. 작년까지는 고춧가루를 사 먹었지만 올해 김장부터는 농사지은 고추로 충분히 해결할 수 있게 되었다.

"우리 안사람이랑 함께 식사나 한번 하지요."

박 씨는 남편과 나를 저녁 식사에 초대했다. 땅을 빌려준 것에 대한 인사였다. 함께 밥을 먹고 술잔을 부딪치니 서로 한 발씩 가까워진 것 같았다.

"박 씨가 그렇게 막돼먹은 사람은 아니야."

남편은 박 씨의 마음씀씀이를 크게 보았다.

그날 이후 박 씨는 덕경원을 더 자신 있게 드나들었다. 외출했다 돌아오면, 쑥쑥 잘려 나간 나뭇가지들이 휑하니 서 있기도 했다. 말인즉슨 나의 수고를 덜어주려 한 일이라지만 텅 빈 나무들을 보면 허전하고 황당했다. 여전히 주인 허락도 없이 나무를 베어내고, 마치 자신의 것인 양 제멋대로 손대는 박 씨의 행동이 이해되지 않았다. 남편의 말처럼, 내가 집착하는 것은 사소하고 별로 중요하지 않은 것일 수도 있었다.

세상이 달라지긴 했다. 요즘은 몸만 발을 디딘 곳에 있을 뿐이지 허공에 집을 짓고 땅을 소유하는 메타 세상이다. 인공위성을 통해 어디서든 서로 연락을 주고받고 소식을 접하는 시대였다. 박 씨의 말처럼 땅도, 산도 '우리 모두'의 공유대상일지도 모른다. 하지만 내 것과 남의 것을 구분하는 것에서부터 사회생활이 시작되지 않았던가. 부처님 법문에서도 남의 것을 탐하지 말고 주지 않은 것은 갖지 말라는 말씀이 있다. 모든 땅을 '우리' 땅이라며 열심히 땅을 일구고 돌을 캐내는 박 씨였다. 그러한 박 씨를 보면 볼수록 의구심이 들었다. 누구보다 정확하고 분명해야 하는 경찰이었던 사람이 어떻게 모든 것을 '우리'라는 테두리 안에 넣을 수 있을까.

끝없이 생각을 이어가면서 호미로 땅을 파서 비닐을 덮었다. 커다란 돌을 만나면 캐어냈고 삽을 이용해 돌을 들어냈다. 그것도 안 되면 박 씨의 손을 빌려 곡괭이로 땅을 팠다. 캐낸 돌은 딸기밭과 포도 농원의 경계에 담을 쌓는 용도로 쓰였다. 가끔 허리를 펴고 하늘을 보았다. 하늘은 경계가 없었다. 인간끼리만 그렇게 경계를 만들고 조금이라도 잇속을 챙기려고 쌈박질인 것이 조금 슬퍼졌다. 끝까지 돌을 캐고 또 캐내는 과정을 계속하며 마음을 다잡았다. 더 이상 약자의 위치에 서고 싶지 않았다.

"살아보니 인생이 일장춘몽이에요."

어떡하든 박 씨와 맞추려고 흙으로 비닐을 덮느라 손이 바쁜 나와 달리 그는 여유로웠다.

"경찰청에 근무할 때는 사인 일조였는데 네 명이 거리를 걸으면 세상 두려울 게 없었어요. 누군가 촌지라도 주머니에 찔러주면 큰일 나는 일이었어요. 간혹 그런 일이 있으면 함께 저녁을 먹거나 술을 마셔서 뒤끝을 없애버렸지요. 하지만 우리에게 술값을 먼저 받는 술집은 없었어요. 인생이 원래 그런 것인 줄 알았던 철없던 시절이었죠……."

이곳에서도 구석구석 살피며 이 사람 저 사람과 어울리더니 옛날에 놀아본 가락이 있어 그랬나 보았다.

"은퇴를 잘하려면 나만 잘해서 되는 것도 아니에요. 아무리 수중에 돈이 좀 있어도 사치하는 마누라나 사고 치는 자식이 있으면 남아나질 않아요. 같이 은퇴한 동료 중에 연금을 한꺼번에 받아 한 번에 날린 사람도 많아요."

박 씨는 고개 한 번 들지 않고 부지런히 손을 놀렸다.

"한 친구는 아들 때문에 연금을 몽땅 날렸어요. 사고뭉치 아들이 자리를 못 잡고 빌빌거렸어요. 인생 노답으로 보였죠. 아들이 매일 술을 마시고 오토바이 대리점을 내달라고 했더라고요."

속 썩이는 자녀가 있고 배우자가 아프거나 힘든 상황이면, 돈의 문제가 아니라 살아가는 일이 걱정거리다. 잠시 몸이 아파 요양했던 몇 년의 시간을 떠올렸다. 살갑게 돌보며 걱정해 주던 가족들과 조금씩 거리가 느껴졌다. 고통의 강도가 점점 더해가는 만큼 친밀관계도 차츰 멀어지는 듯했다. 건강을 잃으면 모든 것을 잃는다는 말을 체험한 시간이었다. 다행히 몸은 회복되었고 가족들과도 예전처럼 살가운 관계로 돌아왔지만 앞으로 어떻게 살아야 하는지, 자존에 대해 깊이 생각한 시간이었다.

"내 연금은 모두 집사람 통장으로 들어가요. 젊었을 때 잘못한 것이 많았으니 그렇게라도 보상을 하려고요."

마치 날을 잡은 듯 속내를 드러내는 박 씨가 다시 보였다. 함께 저녁 먹을 때 세련된 옷차림으로 박 씨의 옆을 지켰던 그의 아내가 떠올랐다. 밖에서는 두루뭉수리 허술해도 집안은 반듯하게 정리를 하고 다니는, 실속 있고 만만치 않은 사람이었다.

"나이 들면서 부부가 소중하다는 걸 다시금 깨달았어요. 젊었을 때는 이런저런 관계와 사회생활로 외롭지 않았는데 은퇴하니 딴 세상이었어요. 매일 가는 곳도 없고 만나는 사람도 없으니 고립되고 있다는 느낌이 들었어요. 점점 피폐해지고 지레 늙겠다는 걱정도 생겼고요. 그럴 때 옆에 집사람이 있다는 게 얼마나 위안이 되었는지 몰라요."

"은퇴는 삶의 중요한 터닝 포인트죠. 은퇴를 앞둔 사람은 자신에 대해 알아보는 과정도 필요할 것 같아요. 뭘 하고 싶은지, 잘하는 건 뭔지, 어느 때 가장 행복한지 차근차근 생각해보아야 할 거예요."

꼭 박 씨에게 하는 말은 아니었다. 어느새 오십 줄에 들어선 나였다. 적극적이고 활발했던 시절은 가고 가을의 초입에 들어선 듯한 나이였다. 좋아하던 것들, 이루고 싶은 마음들도 흔쾌히 놓아버리는 연습이 필요했다. 어떻게 해야 마음이 넉넉해지고 주위가 편안해지는지를 생각해야 할 때였다.

"살아보니 일장춘몽이에요."

나직하게 다시 되뇌이는 그의 어깨너머로 저물어가는 햇살이 한줄기 그어졌다. 봄볕의 강렬함이 사라진 온화한 빛이었다. 그를 향했던 부정적인 생각들이 엉킨 실타래 풀리듯 조금씩 풀리기 시작하는 묘한 빛이기도 했다.

"그렇죠. 시간이 이리 빨리 흐를 줄 누가 알았겠어요. 저도 자고 일어나 정신 차려 보니 쉰이었어요. 박 사장님은 60대시니 더 그러시겠죠."

하늘의 명(命)을 깨닫는 나이였다. 아이들도 이제는 내가 보호자라기보다는 함께 세상을 살아가는 동료였다. 그토록 아이들이 빨리 성장하기를 바랐는데 막상 양육에서 해방되자 홀가분함보다는 서운함과 외로움이 찾아왔다. 가족을 위해 희생했다는 말도 어울리지 않았다. 내가 정말 희생했을까. 그들이 나를 위해 희생한 건 아닐까. 의문은 끝이 없었으나 그동안 거쳐왔던 많은 인연들이 오늘의 나를 있게 했다고 믿기로 했다.

아픈 몸을 겨우 회복해 몇 년 만에야 농장을 찾은 나는 마음이 무너져 내렸었다. 심어놓은 나무를 박 씨가 허락도 없이 모조리 베거나 뽑아서 다른 사람에게 선심을 쓴 것에 분개했다. 내가 심어놓은 것이 분명한 개복숭아, 대추나무, 싸리나무가 옆 농장에서 꽃을 피우며 열매를 맺는 것을 보았을 때는 화가 치밀었다. 어디서든 잘 자라니 다행이라고 위안을 삼기까지

적지 않은 시간 마음을 다독여야 했다. 그런데 지금은 마음대로 나무를 뽑아 이리저리 옮긴 장본인인 그와 고추밭 비닐멀칭을 하기 위해 밭고랑을 사이에 두고 나란히 땅을 파고 있다. 오늘따라 속엣말까지 늘어놓는 박 씨에게 적당히 추임새까지 넣으며.

"파출소에서 근무할 때 별일 다 있었어요. 어느 날 부부싸움 신고가 들어왔어요. 젊은 부부가 부부싸움을 얼마나 격렬하게 했는지 신고까지 들어온 거예요. 마침 당번이던 내가 출동했어요. 뭔가 집어던지고 깨지는 요란한 소리가 들리는 단독주택 반지하 단칸방 문을 두드렸어요. 근데 문을 열어준 여자……."

길게 이어갈 것 같던 이야기가 중간에 끊겼다. 무심히 들으며 흙을 덮던 나는 고개를 들었다. 쉴 새 없이 손을 놀리던 박 씨가 우두커니 서 있었다.

"문을 열어준 여자가 어땠다는 거예요?"

"문을 열어준 여자가 낯이 익었어요. 그런데 누군지 잘 모르겠는 거예요. 나를 한참 바라보는 그 여자의 표정도 묘했어요. 나를 아는 것 같기도 하고 아닌 것 같기도 하고. 어쨌든 경찰임을 밝히고 집으로 들어섰지요. 그 여자 눈두덩에 멍 자국이라도 있나 살펴보았어요. 그런데 의외로 상처 하나 없이 멀쩡한 거예요. 알고 보니 이리저리 긁히고 상처투성이인 사람은 아내인 그 여자가 아니라 젊은 남편이었어요. 어이가 없어 여자를 돌아보는 순간, 그녀가 누군지 떠올랐어요. 김순임. 동네에서 제일 부자였고, 동네에서 가장 이뻤고, 똑똑해서 공부도 잘했던 순임이. 믿을 수 없었어요. 그런 순임이를 몇 개 되지도 않은 가재도구들이 부서지고 깨져 난장판이 된 단칸방에서 마주치게 될 줄은 꿈에도 몰랐어요."

박 씨는 여전히 맥없이 손을 놓고 있었다. 일이 서툰 나에 비해 신의 수준으로 빠르게 일하던 박 씨였는데.

"모르는 척 간단하게 조서를 쓰고 돌아왔죠. 그런데 며칠 후 변사 사건 신고가 들어왔어요. 약수터에서 목을 매 죽은 사람이 있다는 신고였어요. 사건이 사건인지라 서로 눈치만 보고 있는데 내가 호기롭게 나섰어요. 체격도 가장 컸으니까요. 그동안 사람 죽은 거 수없이 봤어요. 죽은 사람과 산 사람의 경계가 뭐 있겠어요. 눈떠서 세상을 보고 밥 먹고 활동한다는 것뿐이지."

"그렇죠. 오늘 보니 도통한 분 같으시네요."

삶과 죽음에 경계가 없다는 말에 맞장구를 놓는데 천천히 일어선 그가 등을 돌리고 섰다.

"가보니 여자가 목을 매 죽었더라고요. 시신을 수습하는데……, 순임이었어요."

너무 놀란 나머지 나도 모르게 호미를 떨어뜨렸다. 먼 산을 향한 박 씨의 표정은 볼 수 없었다.

"아파서 죽은 사람과 달리 멀쩡하다가 갑자기 죽은 사람에게는 느껴지는 기운이 있어요. 정신은 죽지만 세포들은 살고 싶다는 마지막 항변이었을까요. 죽은 순임이는 유난히 살기가 강했어요. 시신을 수없이 보았던 나도 차마 손길이 나가지 않았으니까요."

사람 또한 자연의 일부였다. 만물이 봄을 맞고 여름과 가을을 거치듯, 사람도 마찬가지였다. 박 씨도, 나도 삶의 후반부에 접어든 나이였다. 칼바람을 품은 겨울을 언제 만나도 아쉽지 않도록 넉넉한 마음을 준비해야 했다.

마음을 잡고 다시 호미를 쥐었다. 박 씨도 다시 곡괭이를 잡았다. 검정 비닐을 밭에 씌우고 양쪽 고랑에서 같이 시작했는데 그는 벌써 밭 가운데까지 왔다. 박 씨가 땀을 훔쳤다 .

"작가님, 내일 또 이만큼만 합시다. 넓어 보여도 이렇게 하면 금방 해요."

나는 순순히 고개를 끄덕였다.

"그러죠. 오늘은 그만하기로 해요."

밭에서 일하다 보니 어찌 지나갔는지 모르게 훌쩍 지나간 하루였다. 발밑의 흙에서 따뜻한 기운이 올라왔다. 밭고랑의 멀칭 작업이 끝났다. 오늘 계획한 양의 일은 마무리되었다. 바람 없고 따뜻한 기운이 이랑에 걸터앉은 그의 등 뒤로 내려앉았다.

이순(耳順)인 박 씨가 귀가 순해져서 세상의 이치를 깨달을까. 그것까지는 알 수 없다. 하지만 그는 묻혀 있는 돌이 아무리 크고 완강해도 더 굳센 고집으로 캐내고야 마는 농부임이 틀림없다. 박 씨가 앉아 있던 땅에서 일어섰다. 나도 따라 일어섰다. 굽었던 다리와 허리를 펴니 하늘과도 부쩍 가까워진 느낌이었다. 박 씨가 혼잣말처럼 중얼거렸다.

"순임이도 나를 알아본 것이 분명해요. 그래서 더 견딜 수 없었는지도 모르죠."

그의 시선은 아득한 곳에 머물러 있었다.

"사실 순임이는……. 내가 마음으로 짝사랑하던 애였어요."

갑작스러운 말에 놀랄 사이도 없이 그는 다시 곡괭이를 힘껏 쳐들었다. 박 씨는 앞에 묻혀 있는 커다란 돌을 캐내기 위해 땅을 팠다. 온 힘을 다해 곡괭이를 내리치는 박 씨의 볼은 사탕을 입에 문 듯 커다랗게 부풀었다.

덕경원의 봄

덕경원에 개복숭아 꽃이 만개했다. 바람이 살짝 불기만 해도 꽃비가 후루루 날리며 땅을 감쌌다. 분홍 꽃잎들은 절정의 순간 낙화하는 동백을 닮았다. 아버님이 물려주신 산을 복토하여 나무를 심고 남편 이름과 내 이름을 한 자씩 넣어 덕경원이라 이름 지었다. 노후에 농사도 짓고 명상도 할 요량이었다. 아기 묘목을 심어놓고 이들이 자라는 동안 여행을 다녔다. 간간이 병원도 다니며 무심한 시간을 보낸 지 8년여. 그동안 나무는 별다른 내색 없이 혼자의 시간을 묵묵히 견뎌내더니 올해부터 제법 커다란 꽃무리를 만들었다. 햇볕과 비와 바람이라는 좋은 이웃 덕분이었다.

커피를 마시면서도 창밖 멀리 흩날리는 꽃잎들에게 눈을 뗄 수 없었다. 봄바람에 꽃잎들이 텃밭 위로 휘날렸다. 퇴비와 뒤섞인 흑갈색 텃밭 위로 손톱만 한 여린 꽃잎들이 나붓나붓 내려앉았다.

꽃잎들 사이로 포도 농원 남자의 은빛 제네시스가 나타났다. 덕경원 입구에 먼저 세워진 딸기밭 여자의 흰색 포르쉐 때문에 몇 번이나 앞으로 갔다 뒤로 뺐다 하더니 간신히 차를 세웠다. 남자가 차에서 내렸다. 머리카락은 떡이 진 듯 뭉쳐 있고 며칠 면도도 하지 않았는지 수염이 거뭇거뭇했다. 셔츠 깃 뒤로 언뜻 보이는 목덜미와 얼굴은 여전히 검붉었다. 모르는 사람이 보면 거나하게 술 한잔 걸쳤다고 오해할 수도 있으리라. 단정치 못하게 삐져나온 셔츠가 불룩한 바지 주머니를 덮었다. 마치 무엇인가 감춘 듯.

남자는 포르쉐를 샅샅이 훑었다. 경찰이 순찰차에서 내려 범인의 흔적을 찾듯 꼼꼼했다. 포르쉐는 매력적인 상태는 아니었다. 흙길을 달린 바퀴에는 흙이 잔뜩 묻어 있고 흰색이 무색하리만큼 뽀얗게 먼지로 뒤덮여 있다. 그에 반해 남자의 제네시스는 방금 세차를 끝낸 듯 유려하게 반짝였다. 남자는 포르쉐 앞에서 미동도 하지 않았다.

대체 무엇을 하려는 것일까. 커피잔을 들고 창가로 다가간 순간이었다. 주머니에서 묵직해 보이는 쇠망치를 꺼낸 남자는 잠시 주변을 살피더니 포르쉐의 뒤 범퍼를 사정없이 내리치기 시작했다. 눈 깜짝할 새 벌어진 일이었다. 너무 놀라 커피잔을 떨어뜨릴 뻔했다. 가슴이 쿵쿵 뛰었다. 몇 년 전, 빌렸던 호스를 돌려달라며 내게 억지를 부리던 기억까지 떠오르자 등골이 서늘해졌다. 혹시 그와 눈이라도 마주칠까 싶어 창 뒤로 숨었다. 내가 보고 있으리라고는 상상도 못한 남자는 아무 일도 없다는 듯 쪽문을 통해 아래쪽으로 내려갔다.

낭만적이고 한유한 시간이었다. 그의 일탈 행위를 보기 전까지는. 흩날리는 개복숭아 꽃잎들과 텃밭에 가득한 쪽파 향이 어우러져, 무르익음이 절정에 도달한 풍경이었다. 아일랜드의 초록이 가득한 벌판이 생각났고 홍등이 도시 전체를 밝혔던 중국 어느 도시의 에로틱했던 저녁도 떠올랐다. 커피를 마시며 오랜만에 느꼈던 여유로움은 그의 광기 어린 돌발 행동 때문에 산산조각이 났다.

덕경원과 그의 농원 사이에 자그마한 밭이 있었다. 주인이 별다른 관심을 갖고 있지 않은 땅이었다. 주인이 나타나지 않는 땅은 드나드는 사람들의 신천지였다. 개척지를 달리듯 남의 밭을 승용차로 드나들었고 조금씩 확장해가며 농사를 지었다. 포도 농원 남자와 딸기밭 여자는 늘 이곳에서 말다툼을 벌였다. 자신이 다니는 길이 따로 있음에도 남자는 구태여 이곳으로 다녔고, 여자도 농사짓는 땅을 넘어와 야금야금 영역을 넓혀가며 작물을 심었다.

서른여섯 살인 딸기밭 여자의 밭 사랑은 타의 추종을 불허했다. 시골 태생이어서인지 농사를 어떻게 짓고, 어떻게 자신의 것으로 만들 수 있는지 빠꼼이 알고 있는 것 같았다.

"언니, 나는 지금도 충분히 먹고살 정도는 돼. 하지만 나는, 나 스스로, 경제적 자유를 얻으려고 이곳에 오는 거야."

딸기밭 여자는 자신이 가진 무형의 자산을 유형의 자산으로 만들고 있었다. 매월 들어오는 현금이 얼마인데 얼마를 목표로 한다고, 묻지도 않은 말을 자주 하는 그녀의 억척은 어디서 나오는 걸까.

햇볕은 자연의 선물이었다. 봄볕을 등에 받으며 호미질을 하면 자연이 감싸고 보호해주는 느낌이 들었다. 한 해 농사를 어떻게 지을까, 지난주에 심은 씨앗은 언제 새싹이 올라올까, 앞마당에 무슨 꽃을 심을까 궁리하면 마음이 따뜻해졌다.

부리가 가늘고 날개 빛이 푸른 작은 새가 가까운 나뭇가지로 날아와 나를 쳐다보았다. 작은 새가 날아가지 않고 가까이 있는 건 위험을 느끼지 않는다는 신호였다. 어느 순간 새와 눈이 마주쳤다. 아주 작고 검은 눈이었다. 이후에도 작은 새는 밭에서 일하는 내 곁에 머물다가 날아가곤 했다. 자연과의 또 다른 감응은 잔잔한 기쁨을 주었다.

며칠 전, 도시락을 먹고 잠시 쉴 때였다. 화엄경 독송을 듣고 있는데 딸기밭 여자가 올라왔다. 밭일을 끝내고 집으로 돌아가기에는 이른 시간이었다. 농장 밖에 세워둔 차에서 뭔가 꺼내려나 했는데 밭을 가로질러 뚜벅뚜벅 나를 찾았다. 마주치면 가볍게 인사 정도만 나눌 뿐 한가롭게 이야기를 나눌 시간은 없었다. 그녀는 아주 작정을 하고 나를 찾은 눈치였다. 몸집이 큰 그녀가 들어서자 허름한 비닐하우스가 꽉 찼다. 삼국지 여포가 떠올랐다. 여포의 손에는 시들어 말라버린 풀이 여러 포기 들려 있었다. 그녀는 보란 듯 마른 풀을 들이밀었다.

"이것 좀 봐요. 저 작자가 이렇게 해놨어요."

"뭔데?"

"저 작자와 싸우고 사흘 만에 왔더니 마늘과 양파가 이렇게 되어 있었어요."

그녀가 말한 '저 작자'는 필시 포도 농원 남자일 터였다. 내가 샘을 파기 전까지 여자는 포도 농원 연못에서 물을 길어 농사를 지었다. 포도 농원 남자의 덥수룩하고 지저분한 외모와 억센 사투리는 쉽게 호감을 얻는 타입은 아니었다. 게다가 농사에 꼭 필요한 물을 가지고 있으니 그의 오만과 거만은 하늘을 찔렀다. 아래위로 붙은 밭에서 그녀는 울며 겨자 먹기로 참고 지냈지만 내가 이곳에 샘을 판 후부터 문제가 달라졌다. 출입문도 물도 모두 해결되니 나와 잘 지내는 것이 훨씬 편했을 것이다. 같은 여자인 데다가 내가 농사에는 쑥맥이어서 가르쳐주면 좋아하고 고마워하는 것도 한몫했으리라. 종종 그녀는 나에게 들렀다. 포도 농원 남자 흉을 보며 자세한 근황을 보고하는 일도 잊지 않았다.

포도 농원 남자는 남편과 내가 이곳을 등한시했던 2년 동안 농장에 찻길을 내고 농원 앞까지 승용차를 타고 다녔다. 농장은 대각선으로 반으로 갈렸고 알지도 못하는 사람이 한쪽에 밭까지 일구고 있었다. 산림조합에서 50주씩 사다 줄을 맞춰 심어놓았던 뽕나무, 대추나무, 감나무 묘목들이 자취를 감췄다. 화가 난 남편은 포클레인을 불렀다. 자동차 길을 뒤집어 다시 밭을 만들고 농장 앞에 문을 달았다.

포도 농원 남자는 농장 옆문으로 걸어 다니는 처지가 되었다. 남자는 길 막은 사람치고 잘 되는 사람 못 봤다, 구청에 신고를 하겠다는 등 갖은 악담을 퍼부었다. 심지어 딸기밭 여자와 주변의 농장주인들에게 함께 신고하자고 부추겼다. 딸기밭 여자는 남의 땅을 얻어 농사를 짓고 있어서 신고할 입장도 명분도 없는 처지였다. 더 중요한 건 그와 결코 좋은 사이가 아니라는 것. 딸기밭 여자는 그동안 포도 농원 연못의 물을 얻어 쓰는 대가로 자존심을 덜어내야 했으며 씨앗과 농작물 수확을 함께 나누기도 했다. 하지만 물이 해결되니 그에게 더 이상 참을 일도, 열심히 지은 농작물을 나눌 이유도 없어졌다. 포도 농원 남자는 우리 부부에게 분노했고 그녀는 그동안 파렴치했던 그의 행적에 뒤늦게 분개했다.

그녀는 포도 농원 남자가 건강한 소나무 몇 그루를 베었고 그 자리에 은근슬쩍 장뇌삼을 심었다고 귀띔했다. 구청에 신고하면 당장 벌금 감이라는 말과 함께였다. 어느 날은 핸드폰으로 검색한 지적도를 들고 왔다. 포도 농원 안에 있는 연못의 주인은 그가 아니라 그녀가 농사짓는 밭의 주인이라는 것이었다. 인터넷에 능숙한 그녀는 어디서 어디까지가 누구의 땅이라는 것을 꿰고 있었다. 그녀는 형사가 범인을 추적하듯 그의 행동을 일일이 관찰하며 잘잘못을 예의주시했고 핸드폰으로 사진까지 찍어 저장했다.

"자기 땅에 더 이상 농사를 짓지 말라고 소리를 지르길래 거기가 어떻게 아저씨 땅이냐, 지적도를 봐라. 그러면서 지적도를 보여줬더니 시끄럽다며 핸드폰을 집어던지는 거야. 그래서 나도 소리소리 질렀지. 어디 한번 해보자고 덤볐죠."

흥분한 그녀가 우렁우렁 말을 하는데 모든 상황이 눈에 보이는 듯했다. 문제는 주인이 나타나지 않는 가운데 밭이었다. 남자는 주인을 찾아가 농사를 지어도 좋다는 허락을 받았다고 주장했고 딸기밭 여자는 모르쇠로 일관했다. 들은 척도 안 하고 밭에 마늘과 양파를 심었다. 매일 물을 길어다 주며 정성과 노력을 아끼지 않았고 겨울에는 투명비닐을 예쁘게 덮어준 덕분에 추위도 비껴갔다. 그녀의 지극정성으로 잘 자란 마늘과 양파는 곧 야무진 모습을 드러낼 터였다. 나는 속으로 한숨을 쉬었다. 처음 이곳에 와서 땅을 마주했을 때는 정말 행복했다. 각박하고 냉정하고 이기적인 도시를 벗어나 자연과 마주하며 힐링의 시간만 만끽하면 될 줄 알았다. 그런데 아니었다. 문제는 자연이 아니라 사람이었다. 내 농장만 있는 게 아니니 주변 땅을 일구는 사람들과 마주할 수밖에 없었다. 사람들은 어디서든 자기중심적이었다. 땅을 가운데 두고 낯빛 한 번 바꾸지 않고 이기심을 드러냈다. 아니, 오히려 도시보다 한술 더 뜨는 것 같았다. 치열하게 이해타산에 얽혀 갈등과 반목이 적나라하게 드러났다. 고래싸움에 새우등 터진다는 식으로 그네들의 이권 싸움에 홀로 조용히 앉아 있을 자유조차 빼앗긴 기분이었다.

그녀가 오기 전까지 하우스 안은 화엄경 독경 소리로 경건하고 평화로웠다. 그런데 그녀의 등장으로 고요했던 시간은 내동댕이쳐진 거울처럼 깨져버렸다.

"마늘이 죽었네. 왜?"

"제초제를 뿌렸는지 올라오던 자리에서 그냥 모두 타 죽었어요."

"마늘밭이?"

"마늘밭뿐만 아니라 양파밭까지도요. 심증은 있는데 물증이 없어요."

"참 나쁜 사람이다. 상종하면 안 되겠다."

범인은 그녀나 내게 동시에 떠오르는 사람이었다.

"이웃끼리 그렇게 할 것까지야. 더구나 농사를 짓는 같은 처지에."

얼마나 미웠으면 농작물이 싱싱하게 자라고 있는 밭에 제초제를 뿌릴 정도일까. 땅에 대한 집착으로 언쟁이 끝이 없는 걸 지켜보니 농사가 힐링이 된다는 말도 사람 나름인 것 같았다. 농부는 욕심이 없고 착한 사람들이라는 생각도 다 맞아떨어지지 않았다. 나는 기분이 언짢았다. 그녀가 죽은 풀을 들고 나를 찾아온 것도 떨떠름했다. 이 모든 것이 땅에 대한 집착이 빚은 결과였다. 그녀 역시 굳이 짓지 말라는 남의 땅에 우기고 들어가 마늘과 양파를 심었다. 시위하듯 막아놓은 울타리를 걷고 물을 길어 밭에 주었다. 제지하는 그와 사흘이 멀다 하고 고래고래 소리를 지르며 싸웠다. 심어놓은 작물에 손을 댈 권리가 없다는 것이 그녀의 주장이었다.

명상을 하면서 좋아진 게 있다. 무심코 지나치던 사람도 다시 돌아보게 된 것이다. 그러다 보면 표면에 드러나지 않은 이면을 발견하게 되는 경우가 많았다. 포도 농원 남자와 딸기밭 여자의 싸움도 그랬다. 땅을 차지하겠다는 표면적인 이유보다 더 깊은 근원적 이유가 있지 않을까.

인간관계가 좋은 사람이라고 평가받는 것은 사교성이 높은 사람이었다. 사교성은 남과 자연스럽게 잘 지내는 것이었다. 이에 반해 사회성은 상대방의 입장을 바꾸어 헤아릴 수 있는 능력이었다. 사교적인 사람은 그런 능력 없이도 상황을 부드럽게 이어갈 수가 있다고 했다.

지금은 나에게 사회성이 필요한 시간이었다. 내키지는 않았지만 포도 농원 남자가 못 돼먹은 사람이라며 위로하고 동조할 수밖에 없었다. 그녀를 편들면서도 마음이 편치 않았다. 상대방에게 초점을 맞추다 보면 내가 정작 하고 싶은 말은 꺼내보지도 못하고 그와 정반대의 말을 하는 경우가 종종 생겼다. 그럴 때마다 나 자신에게 화가 났다. 하지만 시간이 지나고 보면 시비를 따져 옳고 그름을 분명히 표현해도 별반 다를 것은 없었다.

그녀가 비닐하우스에 발을 들여놓은 순간 떨떠름했던 것도 그 때문이었다. 포도 농원 남자와 딸기밭 여자의 갈등은 옳고 그름을 따질 문제가 아니었다. 나는 마음으로 이미 결론을 내렸다.

"그 양반 상대하지 않는 게 좋겠네."

담담한 내 말에 그녀는 서운함을 감추지 않았다. 함께 불같이 화를 내며 흥분하고 격분해주기를 바랐을 것이다. 말하는 사람도 듣는 사람도 명백한 사실을 알면서도 진실을 외면하는 경우는 많았다. 한쪽 편의 주장만을 듣고 옳고 그름을 따지는 것이 과연 옳을까. 한참 말이 없던 그녀가 이윽고 고개를 들었다.

"맞아요. 내가 싸움닭도 아니고, 이제는 싸우지 않으려고요."

"그래, 상대가 정상적인 사람이 아니면 그냥 피해버리는 게 나아."

나는 흩어져 있던 호미와 모자를 한쪽으로 치우고 벌어진 신발을 가지런히 놓았다. 급하게 걷다 보면 나도 모르게 습관적으로 팔자걸음이 되었다. 걸을 때는 몰랐는데 사진을 보면 발이 밖으로 벌어져 있었다. 습관은 쉽게 고쳐지지 않는다. 신발을 정돈하면서 나 역시 생각을 다듬었다. 우선은 그녀의 관심을 돌리는 것이 필요했다. 밭농사로 말머리를 돌렸다.

"그런데, 요즘은 무슨 일을 해야 할까?"

뜬금없는 내 말에 뜨악한 표정을 짓던 그녀가 입을 열었다.

"그러니까, 지금은 참깨를 포트에 넣고 모종을 키워야 해요. 5월 초에 모종을 밭에 심으면 8월에 수확할 수 있어요."

그녀는 숙제를 발표하는 아이처럼 또박또박 말을 이어갔다.

"여기서 참깨가 잘될까 모르겠네?"

작년에는 들깨를 심어 깻잎도 먹고 기름도 짜서 먹었다. 들기름이 무려 다섯 병이 나왔다. 초보 농부치고는 굉장한 수확이라 어깨가 으쓱했다.

"7월 초에 들깨 모종 부어놨다가 참깨 익을 무렵 옮겨요. 참깨 사이에 심는 거죠. 그럼 참깨와 들깨를 다 키울 수가 있어요. 들깨 수확한 다음에는 그곳에 시금치 씨를 뿌려요. 양파를 심어도 되고요."

순간, 겨울에 심었던 월동 시금치가 머릿속을 스쳤다. 늦여름에 밭을 갈고 씨를 뿌렸던 시금치였다. 찬바람이 나며 조금씩 올라오는 것을 몇 번 캐어 먹었다. 땅이 녹을 무렵이면 단

맛이 들어 더 맛있으리라 기대하며 날이 풀린 봄날을 기다렸다. 이윽고 냉이가 한창 올라오는 이른봄, 밭에 가보니 누군가이미 시금치를 몽땅 캐어가고 없었다. 냉이도 눈에 띄지 않았다. 나도 심증은 가지만 물증이 없었다. 양심도 없이 캐간 '누군가'가 누군지는 뻔했다. 이곳에서 종횡무진 돌아다니며 눈에 불을 켜고 캐고 따갈 사람은 딸기밭 여자, 그녀뿐이었다. 그렇다고 해서 대놓고 뭐라고 할 용기는 없었다.

우리 모두는 자연스럽고 편안한 관계를 원했다. 사람들은 대개 모든 사람이 자신을 좋게 봐주기를 바라는 마음이 있다고 한다. 그러나 신경정신과 의사는 모든 관계에는 1:2:7의 법칙이 있다고 했다. 열 사람 중 일곱은 내게 무관심하고 둘은 호감을 가지고 나머지 한 사람만 나를 싫어하는 부류라는 것이다. 그런데 대부분의 사람들은 나를 싫어하는 한 사람에게 집중했다. 왜 나를 싫어할까에 너무 많은 시간과 에너지를 쏟아붓는 바람에 정작 나머지 아홉 사람의 시선에는 관심을 두지 않았던 것이다.

내가 집중해야 할 부분은 '왜 저 사람은 나를 좋아하지 않을까?'가 아니었다. '왜 나는 1:2:7을 인정하지 못할까? 왜 나는 저 사람이 나를 싫어하는 것을 인정할 수 없을까?'라는 질

문을 나 자신에게 던졌어야 했다.

땅을 팔 때마다 돌이 나왔다. 큰 돌은 담을 쌓고 작은 돌은 모아 바닥에 깔았다. 프라하에서 걸었던 골목들의 돌바닥이 생각났기 때문이었다. 나도 돌의 무늬와 모서리를 맞추며 길을 만들어나갔다. 울퉁불퉁하여 발끝을 예리하게 찌르던 돌길이 점점 두리뭉실 풍성해져 갔다. 딱딱한 돌도 크기가 엇비슷한 것끼리 모아놓으면 부드러운 감촉을 줄 수 있다는 새로운 사실을 알게 되었다.

땅속에 파묻혀 있던 큰 돌을 들어낼 때였다. 처음에는 호미로 파다가 돌의 부피가 점점 커지자 곡괭이로 돌 주위를 파내려갔다. 마치 빙산처럼, 겉으로 드러난 것보다 훨씬 커다란 몸체가 땅속에 숨어 있었다. 몇 사람이 모여 힘을 쓴 끝에 간신히 커다란 바위를 들어냈다.

"아버지가 이 자리에 집을 지으려고 돌을 한곳으로 모아놓았는데 그 돌들이 나왔네."

돌을 들어낸 남편의 말이었다. 적어도 50년은 묻혀 있다가 비로소 세상 밖으로 얼굴을 내민 셈이었다. 바위가 땅속에서 50년 동안 자신에게 집중한 시간이기도 할 터였다. 돌무덤 자리는 커다란 웅덩이로 남았다.

딸기밭 여자도 돌을 들어내는 과정을 지켜보았다. 평소대로라면 그 큰 목소리로 의사 표현도 확실하게 하고 너스레도 떨었을 텐데, 마늘과 양파가 죽은 후부터 눈에 띄게 말수가 줄어든 그녀였다. 밭에서 보내는 시간도 바꿨다. 아침 일찍 농장에 나타나 연못에서 물을 길어 나르고, 포도 농원 남자가 나타날 즈음이면 모습을 감추었다.

농장에 가면 그녀가 일하는 모습을 볼 수 있었다. 웅덩이 옆에서 부지런히 호미질을 하는 걸 보니 땅을 파는 것 같았다. 씨앗을 뿌리고 흙을 덮어주는 듯도 했다. 그녀의 악착같은 부지런함에 혀를 내두를 수밖에 없었다. 자기 밭도 아닌데 뿌리를 내리고 세를 확장하려는 그악스런 적극성까지도 포함이었다. 그 적극성이 방향을 잃고 욕망으로 변하는 바람에 커진 일이었다. 말로 저지할 수 없었던 포도 농원 남자는 제초제 살포라는 극단의 처방을 내렸다. 마늘과 양파 사건이 없었다면 그녀는 주인이 나타나지 않는 밭까지 모두 독차지했을 게 분명했다. 입버릇처럼 말하던 경제적 독립도 더 빨리 이루어냈겠지. 다남동 산30번지 주변은 그녀의 목소리로 우렁우렁 울렸을 것이다.

이윽고 허리를 편 여자는 나를 발견하자 손을 흔들었다.

"언니, 나는 올해 농사만 짓고 내년부터는 이곳에 오지 않으려고."

나는 그녀가 일구어놓은 넓은 땅을 바라보았다.

"밭을 저렇게 예쁘게 만들어놓고 안 오는 건 너무 아깝다. 200평이면 엄청 넓은 밭인데……."

나도 모르게 상대가 듣고 싶은 사회적 발언을 하고 있으니 나도 참 한심했다. 사실 덕경원 주변에서 농사짓는 모두는 딸기밭 여자가 부담스러웠다. 요즘도 그녀는 무슨 일이든 자신의 생각과 어긋나면 핸드폰으로 사진을 찍고 녹화했다. 입장과 처지에 따라 생각이 어긋나고 달라지기 마련인데 그녀는 막무가내였다. 비닐하우스에 작은 방을 들이고 머리가 아플 때마다 눕는 나도, 이웃과의 경계에 자신 소유의 땅보다 훨씬 밖으로 철망을 쳐놓은 옆집 농장주인도, 잘 자라는 소나무를 베어낸 포도 농원 남자도, 심어놓은 묘목을 캐내 다른 사람에게 나누어주며 선심 쓰고 그 자리에 농사를 짓던 박 씨도, 그녀의 카메라와 날카로운 고발정신에서 자유롭지 못했다. 그녀는 불가근불가원, 딱 그만큼의 거리가 필요한 사람이었다.

아침이 봄을 한껏 맞고 있을 때 사건은 터졌다. 약속이나 한 듯 모두 조금씩 이르게 농장에 도착한 날이었다. 농장 문을 열고 들어서니 아래쪽 밭에서 그녀가 허리를 숙이고 밭일을 하는 것이 보였다.

"일찍 왔네?"

"아, 언니 왔어요?"

떨어져 있는 거리만큼 높은 목소리로 인사를 나누는데 때마침 주변농장의 사람들 차가 하나둘씩 들어섰다. 봄꽃과 산나물, 쑥과 민들레가 지천이었다.

"함께 차 한잔 마시고 일하죠?"

나는 그들의 발걸음을 붙들었다. 딸기밭 여자도 불렀다. 찻물을 올리고 농장 마당에 야외용 식탁을 폈다. 모두 밝은 웃음을 지으며 자연스레 식탁 주위로 모여들었다.

농장은 눈이 닿는 곳마다 자연에서 나오는 멋을 뽐냈다. 연분홍과 진분홍의 봄이 나뭇가지에서 피어났다. 같은 시기에 심은 나무도 위치와 거름의 양에 따라 꽃의 색깔이 달랐다. 매실은 은은한 향을 뿜으며 연분홍의 봄을 맞았고 개복숭아는 진분홍의 화려함으로 봄을 받들었다. 아직 꽃이 피지 않은 라벤더도 바람결에 짙은 향내를 전해왔다.

산나물 밭에도 봄이 도착했다. 여린 초록 잎들이 땅을 비집고 총총히 나오기 시작했다. 아기 순들은 봄볕을 받으며 쑥쑥 자랐다. 연못 주변에 툭툭 던져놓았던 미나리 몇 주도 뿌리를 벋어 제법 군집을 이루었다.

함께한 사람들의 웃음 뒤로는 이해관계의 얽힘 또한 만만치 않았다. 그렇지만 공통점이 있다면 땅의 매력에 흠뻑 빠진 사람들이었다. 연두색 숲이, 막 일어나기 시작하는 여린 들판이 곁에 있었다. 그 시간만큼은 자연이 주는 선물에 감사하며 서로에게 느끼는 고마움으로 훈훈했다.

그윽한 커피 향이 농장으로 천천히 퍼져나가는데 때마침 포도 농원 남자의 차가 들어왔다. 샛길을 지나던 포도 농원 남자와 딸기밭 여자 눈이 마주쳤다. 못 볼 것을 보았다는 듯 서로 황급히 고개를 돌렸다. 남자는 잰걸음으로 농장을 가로질렀다. 커피를 마시며 아침이 주는 맑고 서늘한 기운에 모두 잠겨 있는데 갑자기 외마디 비명이 들렸다. 포도 농원 앞이었다.

"어이쿠!"

순간, 서로를 돌아보았다. 그가 넘어진 걸까? 모두 걱정 가득한 눈빛이었지만 아무도 선뜻 나서려 하지 않았다.

"어흑, 아이구 으흑……."

계속 이어지는 신음에 결국 박 씨가 일어났다. 박 씨가 내키지 않은 표정으로 걸음을 옮기는데 딸기밭 여자가 혀를 쏙 내밀었다. 어떤 상황인지 대번에 짐작이 갔다. 매일 아침 돌무덤 언저리에서 일하던 그녀였다. 누군가가 눈을 다치게 하면 자신도 상대의 눈을 다치게 한다. 만일 누가 이빨을 부러뜨렸다면, 그의 이빨도 부러뜨린다. 상큼한 라벤더 향과 함께 함무라비 법전의 한 구절이 떠올랐다. 삶은 이런 부조화로 이루어진 부조리극이었다.

　포도 농원 남자의 사고는 사고로 끝나기 어려웠다. 누군가가 구덩이를 깊게 팠고 눈에 잘 안 띄도록 교묘히 덮어놓았다. 평상시와 다른 땅의 모습에 의심이 들기도 했으련만, 옹기종기 모여 커피를 마시던 사람들 사이에서 딸기밭 여자와 눈이 정면으로 마주친 게 그의 평정심을 뒤흔들었던 것일까. 뭔가 켕기는 것이 있던 그는 뒤도 안 돌아보고 허겁지겁 자신의 농장으로 향했다. 농장 문이 보이니 걸음을 재촉했을 터였다. 그리고 얼결에 웅덩이에 빠지는 사고를 당했다.

　웅덩이는 깊었다. 어른 키 삼 분의 일은 되어 보였다. 갑자기 푹 들어가는 땅을 디뎠을 때의 놀라움은 그에게 큰 충격이었다. 예순을 넘긴 나이는 급작스런 사고에 대응하기에는 무리였다. 그가 구덩이에 빠지고 한참 지난 후에야 박 씨가 도착했고 넘어진 그를 부축해서 간신히 웅덩이에서 꺼냈다. 그는 다리가 부러졌다고, 아파 죽겠다고 신음 반 호통 반으로 고통을 호소했다.

　"어떤 씹새끼가 구덩이를 팠어? 너희들 모두 가만두지 않을 거야!"

그의 입에서 어마어마한 욕설이 쏟아졌다. 경찰에 신고하겠다고 산이 떠나가도록 소리를 질러댔다. 부축해준 박 씨에게까지 일부러 미적미적 내려오며 시간을 끌었다고 우겨댔다. 커피를 마시던 모두는 대책 없는 윽박지름에 마음이 편치 않았다. 딸기밭 여자는 어느 결엔가 자취를 감추었다. 이후에도 그녀는 며칠 동안 농장에 나타나지 않았다. 다행히 남자는 왼쪽 다리만 접질려 며칠 침을 맞으러 다녔다. 짐작하기로는 아마도 그 후부터 쇠망치를 넣고 다녔을 것이다.

망치 사건은 석가탄신일을 며칠 앞둔 시점이었다. 적을 둔 절에서 연등을 달라는 전화와 엽서가 날아들었다. 맺고 끊는 것이 분명했으면 한두 곳만 정해놓고 다녔을 터였다. 엽서나 문자가 온 곳은 그래도 마음이 편했다. 하지만 전화까지 해서 보살님, 하면서 이야기를 풀어내면 거절하기 어려웠다. 절도 자주 못 가는데 등이라도 달라는 소임자의 말도 틀린 말은 아니었다. 하지만 절을 자주 가지도 못하면서 이곳저곳 등을 다는 것 또한 옳은 일인가 싶었다. 바람이 너무 많은 것도 욕심이었다. 가져온 만큼 풀어놓고, 남은 것으로 맘 편히 살다 훌훌 털고 가는 삶을 바랐다.

세상은 너무 떠들썩했고 각종 미디어에서는 세상의 수선스러움을 과장시켜 말했다. 주변 사람들은 롤러코스터를 타고 하늘로 솟구쳤다. 과연 내려올 수 있을까 싶었다. 우려와 걱정 속에서 나는 점점 작아져 갔다. 이런 시기일수록 땅에 굳건히 발을 붙이고 돌을 꺼내며 밭을 일구어야 했다. 50여 년을 땅속에서 침묵의 시간을 보낸 후 밖으로 나온 바위를 쳐다보며 화엄경 독송을 다시 틀었다. 망치 사건이 원만히 해결되기를 기원하면서…….

협궤열차

꿈속은 꽃다발 천지였다. 수많은 촛불 사이로 크고 탐스런 꽃다발을 들고 면사포를 쓴 누군가 서 있었다. 자세히 보니 혜경 자신 같기도 하고 어찌 보면 딸 같아 보이기도 했다. 꿈은 여러 겹이었다. 오래전과 현재가 뒤엉켜 있어 꿈속에서도 종잡을 수 없었다. 그러므로 혜경은 잠을 설쳤고 하는 수 없이 자리에서 일어났다.

발소리를 죽이며 살그머니 거실로 나와 오디오를 틀었다. 오래된 CD에서 흘러나오는 오래된 음악들이 그녀를 편안하게 해주었다. 한동안 눈을 감고 듣던 혜경은 다음 곡이 나오자 황급히 정지 버튼을 눌렀다. 그리고 한참이나 놀란 가슴을 쓸어

내렸다. 하필 프란시스 레이였고, 하필 〈사랑의 종말 을 위한 협주곡〉이었다. 〈사랑의 종말을 위한 협주곡〉이라니! 오늘은 딸의 결혼식 날이었다. 성스럽고 행복한 날 들을 음악은 절대 아니었다. 다행히 크라이슬러의 〈사랑의 기쁨〉이 바이올린 선율로 이어졌고 이번에는 안도의 가슴을 쓸어내렸다.

창가로 다가갔다. 밖은 아직도 짙은 어둠이었다. 베란다를 열자 새벽의 찬 공기가 얼굴을 차갑게 때렸다. 귀를 가르고 안으로 들이치는 바람이 꼭 딸 같다.

"엄마, 모든 준비는 우리가 다 알아서 해요."

늘 정확하고 똑 부러지는 말투여서 가끔 서운할 때도 있었다. 하지만 결혼이라는, 일생에서 가장 큰 대사를 치르면서 엄마를 빼놓다니. 딸의 아름다운 결혼에 대하여 그동안 꿈꿔왔던 로망을 빼앗긴 것 같아 서운함이 밀려왔다.

"우리? 우리는 현수와 너를 말하는 거니?

"네, 오빠와 저예요."

단호한 딸의 말에 혜경은 저도 모르게 울컥했다.

"아니, 현수와의 몇 년이 엄마와의 스물아홉 해보다 더 단단하다는 거야?"

평소 소심하다는 말을 듣는 혜경이었는데 어찌나 서운했는지 울컥 밀려 나온 말이었다.

"그럴 리가요. 준비하다 보면 양쪽에서 서로 신경 쓰느라 필요 없는 지출을 하실까 해서요."

딸 결혼에 필요 없는 지출이 어디 있을까. 혜경은 거침없는 딸의 행동이 정확하고 꼼꼼해 보이던 시어머니 눈 밖에 나는 것은 아닐까 걱정이었다.

"너무 너희들끼리 주관하면 시어머니가 서운하실 수도 있어. 먼저 여쭤보고 상의하면서 하도록 해."

시어머니 핑계를 대며 자신의 마음을 피력한 것을 딸아이가 알 리 없었다. 간곡한 조언을 딸아이는 귓등으로도 듣지 않는 눈치였다. 혜경은 씁쓸했다.

삼십 년 전, 혜경의 결혼 날짜가 잡히자 엄마는 마치 신이 들린 듯 명주솜에 외제 그릇부터 전자제품까지 동대문시장, 남대문시장으로 휙휙 바람을 가르며 고르러 다녔고 당연하다는 듯 늘 혜경과 함께였다. 남대문시장 좌판에서 젊은 엄마와 함께 먹었던 떡볶이와 순대의 맛은 아직도 목울대 가까운 세포에 생생하게 박혀 있다. 생각해보니 엄마도 공무원이던 아버지의 월급으로 시골에 사시는 할머니와 서울집의 두 집 살림을 꾸려가느라 허덕이다 모처럼 큰돈을 써보았던 때였다. 그 시절 혜경과 엄마는 피곤한 줄도 모르며 신혼집 채울 물건을 찾아 온 시장을 누볐는데 딸아이는 달랐다. 시대가 바뀌었

으니 그때처럼은 못 하더라도 예식장과 웨딩드레스 고르는 일
정도는 함께 하려니 했는데. 모든 것에 '우리'와 '오빠'가 있
었다.

"겨우 한 살 차이를 뭘 그렇게 꼬박꼬박 오빠라고 부르는
지 원."

다행히 딸은 혜경이 구시렁대는 소리를 듣지 못한 눈치였
다. 그래도 내심 사돈 선물은 내 몫이겠거니 생각했다. TV라
도 하나 넣어드릴까, 은수저 한 벌은 따로 준비해야지, 궁리를
거듭했다. 그런데 딸은 양쪽 집에 똑같이 안 하기로 합의했다
며 엄마의 마지막 자존심이었던 이바지 음식까지 못하게 막았
다. 그게 이렇게 서운할 줄이야.

가끔 딸과 함께 쇼핑을 할 때가 있었다. 젊어 보이는 스타
일의 옷을 골라 걸쳐보며 물었다.

"이 옷 엄마가 입으면 어떨까?"

"노우, 엄마한테 안 어울려요."

고개까지 가로저으며 일말의 망설임도 없이 단호하게 말을
받는 모습은 영락없는 남편의 얼굴이었다. 그래, 흑백논리가
분명한 시절이 누구에게나 있지. 하지만 너도 엄마 나이 되어
보면 오늘이 생각날 게다.

헤어숍은 결혼식장 2층이었다. 샴푸만 하고 린스는 하지 말고 오라는 딸의 문자에 남편을 깨웠다. 화장하고 머리 올리고 한복까지 입으려면 새벽부터 부지런히 서둘러야 했다. 거울을 보았다. 전날 딸이 염색해준 머리카락 색은 생각보다 짙었다. 주름진 얼굴에 새카만 머리카락은 기름과 물처럼 어색하게 겉돌았다. 나이를 감추려 애쓴 흔적을 들킨 것 같아 민망했다.

"당신, 새까만 머리를 보니 청춘이 돌아온 것 같은데?"

청춘. 이제 농담이 되어 버렸다. 하지만 누구나 청춘일 때가 있지 않나. 혜경은 남편과의 결혼식을 떠올렸다. 검은 머리카락과 팽팽하고 맑은 피부, 곧게 펴진 각진 어깨와 힘 있는 걸음걸이, 수줍은 호기심이 가득한 눈동자, 모든 것이 빛나던 순간들이었다.

세월을 줄여준 염색약처럼 청춘을 돌려주는 마법 같은 약이 있다면 얼마나 좋을까. 판타지 영화의 한 장면처럼, 건강하게 윤이 나는 검은 머리칼의 가발을 쓴다면 과거로 돌아가고, 금발의 가발을 쓰면 유럽 어디에서인가 나타나고. 금발머리가 된다면 베르사이유 궁전에서 허리를 꽉 조인 화려한 드레스를 입고 있지는 않을까? 부채를 쥐고 화려한 궁전에서 모차르트의 피아노 연주를 듣고 있는 금발의 여인.

언제였던가, 가까이 지내는 선배와 여행을 한 적이 있었다. 국경선이 붙어 있는 유럽의 작은 나라를 돌아보는 여행이어서 버스 기사도 곳곳의 지리에 밝은 편이 아니었다. 몇 시간을 달려갔던 길을 되돌아오기도 했다. 유럽까지 와서 시골길만 보기에는 시간이 좀 아깝다는, 회의 아닌 회의가 살짝 들 무렵 비로소 어느 마을에 도착했다. 산모롱이 뒤로 숙소인 호텔이 보였다. 낮에 독일 시내에서 보았던 도시 건축물과 연관된 마을이었다. 건축가는 독일의 빈민촌에 예술적 영혼을 불어넣어 새로운 명소로 탄생시켰다. 낡고 오래된 건물에 색을 입혀 카드섹션을 하듯 형형색색으로 관광객을 반겼다. 온고지신. 칙칙하고 어두웠던 과거가 현재라는 밝고 혁신적인 새 옷을 입고 태어났다. 건축가의 손을 거친 구동독 빈민촌은 아름다운 색을 입고 여행자들의 명소로 바뀌었다. 호텔 역시 같은 건축가가 지은 친환경 호텔이라고 했다.

짐을 풀고 나니 저녁 식사까지 여유가 있었다. 혜경은 선배와 호텔을 나왔다. 고즈넉한 주변 동네를 걷는데 어디선가 〈아무르강의 물결〉이 들려왔다. 잔잔한 클래식에 이끌려 다다른 곳은 멋진 저택의 야외풀장이었다. 아. 혜경과 선배는 탄성을 질렀다. 바이올린과 첼로 연주를 들으며 삼삼오오 모여 식사와 와인을 즐기는 파티였다. 술잔을 부딪치며 음식을 나누는 모습은 행복해 보였다. 드레스를 입은 여인들의 컬이 아름다운 금발은 바람에 부드럽게 날리고 있었다. 영화의 한 장면 같았다. 혜경과 선배는 우연히 본 호젓한 산속 저택의 파티에 넋이 나갈 정도로 빠져들었다. 첼로가 묵직한 저음으로 녹턴을 연주하기 시작했다.

"꼭 밥을 먹어야 할까?"

선배는 첼로의 부드러운 연주를 끝까지 듣고 싶은 눈치였다.

"마음을 채우고 말까요?"

"하룻밤에 몇십만 원짜리 호텔인데 식사를 빼면 안 되겠지."

"그렇긴 해요. 또 다른 어메이징이 우리를 기다리고 있겠죠."

혜경과 선배는 식사를 먼저 하고 연주를 듣기로 마음을 맞췄다. 초행인 동양 여성들에게 식당으로 가는 길은 쉽지 않았다. 같은 장소를 되돌아오고 또 되돌아오다 보니 얼이 쑥 빠진 초라한 몰골이 되고 말았다. 어렵게 찾아간 식당은 넓고 웅장했다. 음식은 맛있고 정갈했다. 여행 중 먹은 최고의 음식이었다. 하지만 밤하늘을 흐르던 세레나데도 만만치 않은 유혹이었다.

서둘러 식사를 마치고 풀장을 찾았으나 아쉽게도 연회는

이미 끝난 후였다. 밤공기를 가르던 부드럽고 온화한 바이올린과 첼로의 선율, 풍요로움 속에 달그락거리던 식기들의 부딪힘, 밤하늘에 반짝이는 별들만큼이나 빛났던 웃음과 수런거림, 그 모든 것이 사라진 뒤였다. 텅 빈 풀장은 언제 그런 일이 있었냐는 듯 조용했다. 구름 사이로 빠져나온 달빛이 내려앉은 풀장의 소리 없는 일렁임 위로 쓸쓸한 고요가 내려앉아 있었다.

가이드를 맡은 유학생에게 전해들은 바로는 건축가 아내의 생일이어서 지인들과 함께한 축하 파티였다고 했다. 아쉽고 허전한 마음으로 숙소로 돌아왔다. 샤워를 마치고 침대에 누웠어도 풀 사이드에 어우러진 첼로 연주와 사람들의 행복한 미소가 맴돌았다. 치렁치렁한 금발을 하나로 단정히 묶고 여신처럼 환하게 웃던 화려한 드레스 차림의 여자가 계속 눈에 어른거렸다. 쉽게 잠이 올 것 같지 않았다.

"남편이 부인을 많이 사랑하나 봐요. 생일 선물로 저런 파티를 열어준 것을 보면……."

선배 역시 잠을 이루지 못하는 눈치였다.

"남의 일이지만, 우아한 선물이기는 하네요."

결국 그날 밤 혜경과 선배는 냉장고를 열어 맥주를 꺼냈다. 낯선 도시에서 우연히 엿본 파티의 여운은 내면을 술술 풀어내게 해주었다.

부부가 한평생 살면서 늘 상대방과 행복하고 원만하게만 살 수는 없을 것이다. 남편은 기쁨이나 즐거움은 잘 표현했지만 밖에서 겪은 어려움이나 나쁜 감정들은 집에서 내색하지 않았다. 혜경도 남편의 존재만으로 충만한 때가 있었기에 많은 것을 참고 살았지만 아주 가끔은 갑자기 화산처럼 폭발할 때가 있었다. 그것이 그녀가 꿈꿔왔고 바랐던 많은 부분을 포기하고 절망 끝에 끄집어낸 '자구책'이라는 걸 남편이 알 리 없었다.

남편은 그녀의 '소심한 자구책'을 절대 못 참았고 못 견뎠고 그러므로 언제나 폭발했다. 자신도 나름 참고 사는데 그것을 몰라주고 구속한다고 생각했을지도 몰랐다. 엇갈림과 뒤틀림, 그리고 오해와 체념이 사그라들려면 생각보다 많은 시간이 필요했다. 그리고 그것은 오롯이 혜경 혼자의 몫이었다.

죽을 것처럼 쓰러져 울다가도 눈물을 닦고 말짱한 표정으로 아무렇지도 않은 양 저녁상을 차렸다. 그러고도 어떤 설움은 멈출 수 없어서, TV를 보는 남편에게 등을 돌리고 싱크대 아래 쭈그리고 앉아 눈물범벅인 채 김치를 담갔다. 고춧가루 양념을 버무리며 눈물을 흘렸다. 양파도 맵고 고춧가루도 맵네. 영문 모르는 남편에게 눈물을 훔치면서 미소를 띠워 보냈다. 이불을 뒤집어쓰고 숨죽여 운 적도 있었다. 세월이 더 흐르고 나서야 그때의 서러움들은 청자에 그려진 빛깔 좋은 매화처럼 아름다운 흔적으로 변한 것을 알게 되었지만.

어느 날인가 느닷없이 화를 내는 남편이 너무 황당하여 "너희 아빠 화낼 때, 꼭 헐크 같지 않니?" 하고 물은 적도 있다. 도저히 참을 수 없었던 어느 날은 대학을 다니던 아이들에게 꺼멓게 그을은 속내를 털어놓기도 했다.

"엄마가 그동안 너희들을 봐서 참고 살았는데 이번 일은 도저히 참을 수가 없다."

딸과 아들은 속마음은 어떤지 모르겠으나 혜경의 말에 동의하는 듯 고개를 주억거렸다.

"엄마는 이혼을 하려고 해. 너희들이 이해를 해주면 좋겠다."

그때 혜경은 정말이지 비장한 심정이었다.

"엄마가 그렇게 살아서 우리들이 이렇게 잘 컸는데 이제 무슨 이혼을 해."

혜경의 안색을 살피던 아들은 다정하게 위로하며 엄마를 달래려고 애썼다. 하지만 그런 상황에서도 딸은 냉정하고 반듯했다.

"엄마가 이혼을 원하시면 하세요. 그리고 서운하시겠지만 우리들은 엄마와 함께 못 살아요. 학비 문제도 있고, 경제적 능력이 있는 아빠와 함께 살게 될 거예요."

가할 것도 감할 것도 없는 똑 부러지는 말이었다.

맥주를 시원스레 들이켜던 선배가 큭, 웃으며 입가의 거품을 훔쳤다.

"내 말이 너무 솔직했나요?"

"아니, 절대 그렇지 않은데 웃음이 나오는 건 어쩔 수 없네. 결혼 전에는 결혼이란 무엇인가에 대한 강의도 들은 바 없고, 어느 누구도 결혼의 의미, 하다못해 평생의 의무이자 권리이기도 한 섹스파트너로서의 주의사항을 조언해준 바도 없으니, 그저 매 순간 실전으로 시행착오를 겪고 또 겪으면서 사는 거 같아. 그렇게 한 십 년쯤 지난 후에야 쓸쓸하고도 매우 현실적인 승복을 하게 되는 우리의 모습은 뒤늦게 학교에 다니며 깨우치는 만학도와 별반 달라 보이지 않잖아?"

"그러게나요. 그땐 딸이 섭섭했지만 나를 닮지 않은 게 다행이죠. 우리처럼 살지 않을 테니."

선배의 입가에 시니컬한 미소가 떠올랐다.

"우리 아저씨는 한술 더 떠서 좋은 감정도 절대 표현을 안하는데……. 예외는 있지. 술을 마시면 그동안 참고 억누르던 감정을 그대로 표현을 하니까."

시를 쓰는, 감성이 충만하다고 소문난 선배가 처음으로 털어놓은 말이었다. 선배는 오히려 그럴 때는 남편의 마음을 읽을 수가 있어서 참을 만하다고 했다. 문제는 술이 깨고 나면 다시 요지부동의 사람으로 돌아간다는 것.

"이런 문제로 진지하게 이혼을 고민해본 적도 있었지. 성격장애를 넘어 야누스의 얼굴이 아닐까 싶어 술 깬 후의 얼굴이 너무 보기 싫고 마주치기도 싫었던 적도 있었어."

혜경은 내심 놀랐다. 누구에게나 편하게 잘 대해주고 유머러스한 선배의 남편이었다. 역시 부부 관계는 부부만 안다는 말이 진리이지 싶었다.

"그거 알아요? 선량한 사람은 늘 자기를 의심하며 자기가 옳다는 것에 갈등을 한다네요. 자신의 결정과 행동이 양심에 어긋나지 않는지 고민하는 거죠."

상대는 선량한 사람의 그 고민과 갈등을 이용해 흔들고 자신의 입맛대로 사용하였다. 부부간에도 정말 평등 관계가 유지될까. 늘 목소리 큰 쪽은 자신의 주장을 관철하고 양보심이나 배려심이 많은 쪽이 한발 물러서기 마련이었다. 가족이라는 울타리가 주는 두 얼굴일 수도 있었다.

"그럴 수도 있겠다 싶어. 요즘은 행복해 보이는 부부를 보더라도 옛날처럼 순수하게 받아들여지지 않으니까. 그들의 이면에는 어떤 문제가 있을까, 어느 쪽이 더 많이 덜어내고 비워낸 쪽일까 그런 생각을 하거든."

"확실한 건, 좋고 싫음을 표현하는 쪽이 좋은 거네요. 그런데 선배나 나나 그렇지 못하잖아요?"

"그럼 우리도 상대방에서 볼 때 솔직하고 선선한 좋은 배우자는 아닐 수도 있겠네?"

"딴은……. 너무 억울해서 눈물 날 일이네요."

"우리 맥주나 더 마실까?"

맥주 한 캔씩 들고 호텔을 나오니 풀벌레 울음소리 천국이었다. 한참이나 우울한 표정으로 귀를 기울이던 선배가 말했다.

"쟤네들 말이야. 우리 대신 울어주는 것 같지 않아?"

서재에 앉아보는 것은 오랜만이었다. 혜경은 책상 위에 놓인 정갈한 편지지를 마치 딸인 것처럼 쓰다듬었다. 딸에게 보내는 편지. 무슨 말을 어떻게 써야 할지 알 수 없었다. 양보하고 겸손하라고 고등학교 내내 성경 시간에 배웠던 말씀들이, 어릴 때부터 할머니께 듣고 자란 교양 있는 가정의 여성들이 행해야 하는 덕목들이, 이제껏 자신을 가두고 있지 않았나 하는 생각이 들었다.

학교 정문을 들어서면 커다란 거울이 놓여 있었다. 그곳에서 막 등교한 갈래머리 여학생들은 혼잡한 만원 버스 속에서 머리가 헝클어지지 않았는지, 교복의 칼라가 접혀지지 않았는지, 모습이 정갈하고 반듯한지 확인하고 들어가는 것이 학교의 규칙이었다. 거울 밑에는 흰색 페인트로 궁서체의 글씨가 쓰여 있었다.

'한 알의 밀알이 땅에 떨어져 죽지 않으면 그대로 있지만 죽으면 많은 열매를 맺는다.'

지금도 그 커다란 거울은 학교 현관에 있을까. 요즘의 아이들에게 그 성경 구절이 얼마큼의 효과가 있을까.

'옳지 않다고 생각하는 일에는 참거나 희생하지 말고, 분연히 일어나 저항해야 한다. 너희는 주님의 자녀이기 때문이다.'

이런 구절이 요즘 시기에 맞지 않을까 생각했지만 그것을 실천하기에는 역부족이었다. 결국 그녀는 마음과는 다른 편지를 쓸 수밖에 없었다.

결혼해서는 시부모님을 부모님이라 여기고 정성을 다해라. 남편과는 늘 대화를 통해 소통을 하렴. 자신을 낮추고 겸손한 자세로 세상을 살아가야 한다.

쓰면서도 갈등했다. 득이 되는 것만 취하는 사람들이 점점 많아지는 이 세상은 종국에 가서는 얼마나 혼탁하고 시끄러워질까. 그런 세상에서 아이들에게 '너희는 항상 양보하고 겸손하라'고 가르치는 것이 과연 옳은 일일까. 편지를 고이 접고 서재 앞을 서성이다 좋아하는 작가의 책을 하나 집어 들었다. 오래전 밑줄 쳤던 작가의 말을 다시 읽어보았다.

인간은 사랑 없이는 존재할 수 없는, 사랑의 산물이고 사랑을 연료로 작동하는 사랑의 기계이다. 살아가는 한 사랑하지 않을 수 없다. 길로 덮인 세상을 유행하는 내게 서슴없이 다가와 나를 통과해 가는 이야기들, 존재들, 삶이 고맙다. 사랑이, 미움이, 적멸이, 모두 다.

갑자기 사무친 혜경은 딸에게 보내는 편지의 말미에 작가의 글을 인용하여 덧붙였다. *인간은 사랑 없이 존재할 수 없는, 사랑의 산물이다. 그러므로 서로 사랑하여라.*

예식이 시작되었다. 양가 엄마들이 입장할 차례였다. 반복된 학습의 효과일까, 예행연습 때와 달리 어색함 없이 자연스러웠다. 안사돈은 민트 계열의, 혜경은 핑크 계열의 한복을 입고 나란히 섰다. 아담한 체격이란 말을 그동안 많이 들었는데 사돈댁도 별반 다르지 않았다. 체격이 비슷하듯 살아온 길도 별반 다르지 않음이 전해졌다. 손을 맞잡으니 젊어서는 자식과 남편을 위해 헌신하고 이제는 자신을 지키고 싶은 혜경보다는 조금 연륜이 느껴지는 얇은 손이었다. 맞잡은 손에서 체온을 나누듯 앞으로 아이들의 희로애락을 함께 지켜봐야 하는 인연이었다.

"부족한 것이 많은데 잘 가르쳐주세요."

"별 말씀을요. 요즘 애들이 다 똑똑해요."

덕담으로 시작한 출발처럼 딸의 결혼생활이 늘 호의와 배려 속에서 꽃길만 걷기를 바라는 마음으로 단을 향해 나아갔다. 안사돈과 성혼을 알리는 촛불을 켰다.

'심지가 다할 때까지 천천히, 하지만 끝까지 삶을 태우렴. 자신과 가정을 밝히렴.'

뒤이어 신랑이 단을 향해 당당하게 걸어왔다. 딸이 좋아하는 청색의 정장을 입은 사위는 눈매가 선해 보였다. 내빈을 향해 싱긋 웃는 웃음도 과하지 않았다. 분명한 것을 좋아하는 딸에 비해 수더분함도 느껴졌다.

신랑 입장에 이어서 신부 입장 순서였다. 혜경과 안사돈이 손을 잡고 섰던 자리에 남편과 딸이 서 있었다. 지난밤 딸과 사위에게 편지를 쓰며 눈물을 보였던 남편이었다. 웨딩드레스를 입고 음악에 맞춰 경쾌하고 사뿐하게 걷는 딸에 비해 백화점에서 딸이 골라준 새 양복과 넥타이를 매고 새로 장만한 구두까지 신은 남편의 발걸음은 진중했다. 염색한 검은 머리와 새 옷을 걸쳤음에도 오래된 집의 서까래를 보는 듯 낡음과 피로감이 멀리에서도 느껴졌다.

혜경은 불현듯 얼마 전 딸과 함께 보았던 협궤열차가 떠올랐다. 수인선을 한번 타보지 않겠느냐는 딸의 제안에 혜경은 흔쾌히 따랐다. 오랜만에 딸과 함께 하는 외출이었다. 수인선을 타고 소래포구로 갔다. 역사관 앞에 있는 증기기관차가 눈에 들어왔다. 협궤열차를 이끌던 앞 차량이었다. 낡고 녹슨 열차는 피로한 흔적이 역력했다. 연어의 회귀일까, 수구초심일까, 25년 만에 진천에서 고향인 인천으로 자신의 몸을 의지하러 오는 기나긴 여정이 눈에 선했다. 열차와 함께 도시를 오가며 엮어졌던 일제강점기의 역사도, 무거운 보따리를 들고 도시를 오가던 소시민들의 삶도 기억의 저편으로 사라진 지 오래였다.

객차는 피곤하고 덜컥거리는 몸을 우현 광장에 조심스레 풀어놓았다. 오래되어 허름한 객차와는 달리 세련되고 훤칠한 사람들이 열차를 반겼다.

포구는 물이 들어오는 시간이었다. 혜경과 딸아이는 들고 나는 사람들의 북새통을 헤집고 바다가 보이는 끝까지 걸어갔다. 아니 밀려서 끝까지 갔다는 표현이 더 맞을지도. 횟감을 흥정하는 사람, 젓갈용 생선을 사는 사람, 그냥 갈 곳이 마땅치 않아 물때를 맞추어 구경삼아 온 사람들로 붐비는 것이 나쁘지만은 않았다. 실로 오랜만에 딸과 손을 꼭 잡고 긴 길을 걸었다. 사람들에 밀려 바다 바로 옆 축대에 섰다. 포구의 끝에 오니 비릿한 바다 냄새가 코끝을 스쳤다. 고단한 삶의 체취가 느껴지는 냄새였다. 청량하고 신선해서가 아니라 오히려 정제되지 않은 거칢이 소래포구와 잘 어울리는 듯했다.

새우 파시가 유명한 포구여서인가 마른 새우를 파는 상점이 유난히 많았다. 혜경도 마른 새우 한 되를 샀다. 새우 멸치볶음은 온 가족이 좋아하는 반찬이었다. 새우를 담은 검은 봉지에서는 벌써 짭짤하고 고소한 냄새가 흘렀다. 모든 것이 풍족하고 넉넉했다. 매콤한 청양고추를 넣고 볶은 새우 멸치볶음과 새우를 듬뿍 넣은 된장찌개를 맛있게 먹는 가족들을 떠올리자 입가에 웃음이 번졌다. 협궤열차 한 량 한 량이 모여 열차를 이루듯 각자의 개성을 가진 가족들도 식탁에서는 길들여진 맛에 모두 하나라는 정체성을 가졌다.

집으로 돌아가기 위해 다시 수인선을 타려 소래포구역으

로 향하며 딸을 바라보았다. 혜경은 딸과의 소박한 여행은 이제 마침표를 찍었다는 것을 알았다. 결혼이 얼마나 두렵고 고통스럽고 불합리한 것인가를 매일 절감하지 않고 살 수 있게 되기를 혜경은 마음속으로 빌었다. 권태와 동의어임이 분명한 '편안함'이, 딸의 새로운 인생에 너무 빨리 깃들지 않기를.

플로리스트가 제작한 꽃다발과 향기로운 생화로 장식한 버진 로드를 걷는 딸은 이제 새로운 여행의 첫발을 떼었다. 30년 전의 수줍고 주춤거렸던 혜경과 달리 경쾌한 걸음이었다.

"엄마, 우리 결혼에 관해선 오빠와 내가 알아서 할게요."

딸의 당당한 음성이 귓가를 울렸다.

'그래 이제는 네 오빠와 모든 일을 알아서 하렴. 지켜보는 엄마가 될게.'

딸아이의 오빠에게 딸의 손을 넘겨준 남편이 허허롭게 걸어와 혜경 옆에 앉았다. 협궤열차가 25년 만에 낡고 헐거워진 모습으로 고향에 돌아오듯 세월의 무게에 어깨가 내려앉은 모습이었다. 눈에 눈물이 조금 고여 있는 듯도 했다. TV를 보며 훌쩍거리길 잘하는 혜경에게 도대체 왜 우는지 이해가 안 된다고 지청구를 주던 남편이었다. 소래포구에서 만났던 바닷물이 태평양의 어느 해류로 흘러들 듯 이 시간 남편은 젊은 시절

의기충천하던 때를 추억으로 간직한 표정이었다. 이제는 오래된 집안을 지키는 서까래가 되어, 태어난 손자 손녀들의 손을 잡고 공원을 산책하며 옛이야기를 들려주는 시간이 올 터였다.

혜경은 살며시 남편의 손을 잡았다. 하얀 면장갑을 통해 느껴지는 투박함이 익숙하고 편안했다. 손에 힘을 주는 남편의 손길이 느껴졌다. 의구심에서 불통의 고통에서 관망과 묵인에서 이해와 관용까지 가기에는 참 많은 세월이 지났다. 갈등과 화해가 반복된 지난한 과정들은 헛된 시간이 아니었다. 삶이라는 것은 질긴 생명력을 동반하고 있어서, 매일, 이곳이 감옥임에 틀림없어, 하는 고통만 있는 것은 결코 아니었다. 여행 중 보았던 호화로운 생일파티가 아니어도 어깨를 나란히 앉아 손을 잡은 것만으로도 힘이 되고 위로가 되었다.

'한 알의 밀알이 땅에 떨어져 죽으면 많은 열매를 맺을 것이요, 죽지 않으면 그대로 있다.'

딸의 결혼식장에 앉아서도 생각나는 것을 보면 그 시절의 학교 교육방침이 맞는 듯도 했다. 하지만 요즘은 시대가 바뀌었다. 결혼도 집안과 집안의 결합이기보다는 젊은 남자와 여자의 결합으로 가족 중심에서 개인 중심으로 바뀌었다. 돌아가신 엄마와 혼수를 준비하려 이곳저곳을 다니던 것도 추억

속의 일이었다. 딸은 백화점과 인터넷으로 한 번에 주문하고 처리하는 방법을 택했다.

두 사람의 조화는 그냥 이루어지는 것이 아니라고 보부아르는 말했다. 그것은 끊임없는 노력이 필요한 것이라고. 보부아르와 사르트르는 서로에게 흔쾌히 자유를 허락하면서도 그 자유를 지키기 위한 노력을 멈추지 않았다. 그들은 서로의 관계를 흔드는 역경과 그들의 관계에 대한 사람들의 비난 속에서도 끊임없는 대화와 지식의 교환을 통해 서로에게 '지적 동반자'라는 교감을 위해 획득했다.

지적 동반자. 혜경은 눈부시게 화사한 딸을 바라보았다. 정말 아름다운 신부였다. 마음속으로 기도하며 간절하게 손을 모았다. 딸아, 너는 꼭 그렇게 살 거라고 믿는다.

오늘, 딸은 자신의 성격을 닮은 기존의 틀을 벗어난 자신만의 결혼식을 하고 있다. 이어져 있던 열차에서 한 량이 분리되어 새로운 철길로 길을 갈아타는 중이었다. 딸의 '오빠'와 함께. 앞날에 대한 설렘과 기대로 들뜬 딸은 어여쁘고 당당해 보였다.

* 소설에 인용된 문장은 성석제 소설집 『의리도 괴리도 업시』에서 빌려왔다.

기준 원점

오랜만이야. 이곳은 오늘도 고요하네. 멀리서 매미 소리가 아득하게 들려. 멀리 있다는 것이 좋을 때도 있지. 진저리쳤던 매미 소리마저 아련해지니. 올해의 매미도 유난히 극성맞았지. 새벽부터 해가 지도록, 아니 자정까지 목에서 피를 토하듯 울음을 토해냈어. 여름 한철을 위해 칠 년의 세월을 땅속에서 지내야 했던 기다림에 목이 잠기긴 해. 하지만 짝을 찾는 그악스런 울음소리는 정도를 지나쳐서 짜증이 났어. 세상은 왜 적당히 슬퍼하고 적당히 행복하기 힘들까?

아, 바람이 스쳐 지나가네. 나의 긴 머리카락이 잠깐 흔들렸어. 너의 머리도 바람에 부드럽게 날리곤 했는데. 지금 지나간 바람이 느껴져? 꿈인 듯 아닌 듯 가뭇없이 지나간 바람이? 마치 너를 만났던 순간처럼 그렇게 말이야. 잠시 후면 이마의 땀을 식히고 볼을 어루만지는 바람이 다시 지나가겠지만 이 바람은 아니겠지. 스쳐 지나가 다시는 돌아올 수 없을 테니.

산 아래 회색빛 연기가 솟아오르네. 누군가 또 이곳을 떠나는 모양이야. 뜨거운 열기에 갑자기 풀어진 몸피가 하늘로 솟아오르고 있어. 삶을 다 소진하지 못하고 떠나는 이들의 뒷모습 같아 외롭고 쓸쓸해 보여. 아마 너의 모습도 그랬을 거야. 그곳에서는 아버지도 엄마도 안녕하시겠지. 오랜만에 보고 싶은 이들을 만나려니 가슴이 두근거리네. 너와 함께 이곳에 누워 푸른 하늘을 망망히 바라볼 수도 있고. 공기와 섞인 연기는 어느 틈엔가 흔적 없이 사라지고 있어. 연기의 주인은 정말 이곳을 떠난 것일까. 다시는 돌아오지 못하는 레테의 강을 건너고 있는 것일까. 남아 있는 사람들의 기억에서만 둥지를 틀고 갇혀 지내게 되는 것일까.

*

연희는 가방을 열었다. 작은 수첩, 화려하게 수놓은 샛노란 명주 천 필통, 생일에 아버지가 선물해준 질 좋은 가죽의 화장품 박스, 핸드폰 등이 눈에 들어왔다. 그것들을 비집고 은으로 장식한 담배 케이스와 라이터를 꺼냈다. 손끝으로 전달되는 10℃의 서늘한 느낌이 좋았다. 셀렘 한 개비를 꺼내 물고 라이터를 당겼다. 파란 불꽃이 혹 올라왔지만 이내 꺼져버렸다. 이제는 익숙해질 만도 한데 첫 번째 시도는 역시나 실패였다. 다시 엄지손가락에 힘을 주어 라이터의 불을 끌어올렸다. 가라앉은 불이 다시 힘 있게 올라왔다. 불꽃 중앙에 담배를 갖다 대며 힘껏 숨을 빨아들였다. 담배 한 모금으로 비로소 마음이 편해졌다. 누군가의 시선을 의식할 필요도, 그 어떤 것을 걱정할 필요도 없었다. 그녀는 다시 깊게 연기를 빨아들였다. 목 깊은 곳까지 맵고 쌉싸름했다. 몸속에 싸한 기운을 남겼던 연기는 공기와 섞여 사라졌다. 연희는 눈을 가늘게 떴다. 연기는 언제 보아도 매혹적이고 몽환적이었다. 이 세상의 명징하고 확실한 것들에게 빗금을 긋는 기분이랄까. 조르주 루오의 목탄화처럼.

나무 사이로 동민의 모습이 언뜻 보였다. 청바지에 검은 티 차림의 동민이었다. 백팩을 한쪽 어깨에 멘 채. 그러고 보니 백팩을 정상적으로 등 한가운데 멘 모습은 본 적이 없다. 늘 삐딱하게 한쪽 어깨에 걸치고 나타났다. 바람이 없는 날에도 굵은 웨이브의 파마머리를 연신 뒤로 젖히며 스스로 바람이 된 듯 머리카락을 휘날리면서.

"이제 오는 거야? 자기학 수업 안 들어왔더라?"

"뻔한 소리 뭐 하러 듣냐?"

"저번 시간에 교수님이 눈치채셔서 이젠 대리출석도 못 하
잖아?"

"어떻게 되겠지……."

동민은 늘 그렇듯 시니컬한 표정이었다. 공부에 흥미가 없
기는 연희 역시 마찬가지였다. 하지만 학교에 적을 둔 이상 출
석은 하고 시험은 봐야 제때 졸업을 할 텐데 학점에도, 출석에
도 무신경한 그였다. 그의 머릿속에 무슨 생각이 자리 잡고 있
는지 연희는 궁금했다. 이렇게 마주한 순간에도 다른 생각에
잠긴 듯 초점이 맞지 않는 그의 시선이 머무는 곳은 대체 어디
일까. 가끔은 곁에 있어도 혼자인 것 같은 느낌이 들 때가 있
었는데 지금도 그랬다.

황량한 벌판에 모래바람이 이는 듯 심란한 그녀의 마음과
는 달리 교정은 초여름 신록이 한창이었다. 파릇파릇 올라오
는 잔디를 샌들 앞부리로 지그시 눌렀다. 연희의 맨발에 까칠
까칠한 촉감이 전해졌다. 낯익은 느낌이었다. 어딘가에서 느
껴보았던 촉감이었을까. 대체 어디서일까. 머릿속을 헤집었
다. 뒤죽박죽 섞여 있어 쉽게 떠오르지 않았다. 고등학교 때,

중학교 때, 초등학교 때로 연어가 물살을 가르고 태어난 곳으로 회귀하는 것처럼 시곗바늘을 돌렸다. 아빠와 새엄마의 말다툼, 아빠의 해외 운항 스케줄에 맞춰 빈번해지는 그녀의 외출, 언제부턴가 자신의 몫이 된 동생들 뒷바라지, 학교가 끝나고 집에 가면 늘 연희를 기다리는 밀린 빨래들과 너저분한 집안⋯⋯.

언제랄 것도 없었다. 엄마의 죽음 이후, 아니 새엄마의 등장 이후 연희의 삶은 난기류였다. 기장인 아빠조차도 징후가 없어 레이더로도 감지할 수 없는, 현재 기술 수준으로는 예측할 수 없는 청천 난류를 만난 것이 틀림없었다. 공중에 뜬 채 심하게 흔들리고 있는 중이었다.

"애들은 보이질 않네?"

"수업 끝나고 후문으로 나갔어."

"짜식들. 형님이 안 보이는데도 지들끼리 갔단 말이지."

그에게만 느낄 수 있는 거칠고 투박한 목소리였다. 연희는 동민의 그런 목소리가 좋았다. 정수기 물을 마실 때의 안정감보다, 수도꼭지에서 콸콸 쏟아지는 수돗물을 마실 때 느낄 수 있는 야생의 목소리. 정제되지 않은 목소리. 동민이 담배 한 개비를 입에 물었다. 연희는 재빨리 동민의 담배에 라이터를 당겼다. 힘주어 당겼지만 역시나 단번에 불꽃이 올라오지 않앉다. 서투른 그녀의 손놀림을 지켜보던 그가 라이터를 낚아채 불을 붙였다. 가벼운 터치로 단번에 파란 불꽃이 올라왔다. 동민의 입가에 피식 웃음이 번졌다.

"라이터를 만지는 손놀림에서 담배의 급수가 보이는 거야. 아무리 골초인 척해도 넌 아직도 멀었거든."

연희는 말없이 샌들을 벗었다. 까칠한 잔디가 그녀의 맨발을 휘감았다. 자근자근 억세고 날카로운 풀잎을 밟았다. 차갑고 서늘하며 날카롭고, 그리고 까칠한 동민. 언제부터 동민의 몸동작 하나하나에, 들고 나는 숨소리 하나까지 온 신경이 곤두서게 되었는지 알 수 없었다.

학교 뒤 사거리 골목은 수업이 끝난 학생들로 북적였다. 당구장으로 들어선 동민을 보고 구석에 있던 한 무리의 '악어' 패들이 손짓했다.

"김동민, 이제 등교하냐?"

"아직 오후 수업 두 시간이나 남았는데 벌써 오냐?"

"진짜 대학생은 뭐가 달라도 다르다니까."

칠팔십 명 되는 전자공학과 학생 중, 신입생 단합대회에서 만나 술 잘 마시고 목소리 크고 공부든 노는 것이든 빠지지 않는 여덟 명이 뭉친 모임이 '악어'였다. 여기에 여학생 몇 명이 덧붙여져 늘 열 명이 넘는 인원이 떼로 몰려다녔다. 이들은 수업도 열심이었지만, 체험학습이라 이름 붙인 공부 이외의 모임에도 열정적이었다. 오늘도 점심시간과 오후의 빈 강의 시간을 이용해 큐대를 잡고 있었다. 삼각함수를 더 깊이 있게 다루어보는 시간이라는 지론이었다.

코발트블루 당구대 위의 당구공을 볼 때마다 연희는 바다에 떠 있는 작은 요트가 떠올랐다. 망망한 푸른 바다를 오롯이 항해하는 작은 요트 위에서 함께 파도를 타며 뜨거운 태양을 즐기는 오후. 상상 속 연희는 활짝 웃었다.

오늘도 푸른 바다에 흰 돛을 단 요트 한 척과 붉은 돛을 단 작은 요트 열다섯 척이 항해하는 중이었다. 몸을 당구대 위로 바싹 엎드린 동민은 허리 뒤로 돌린 큐대를 잡은 오른손에 힘을 주었다. 흰 요트가 항해를 시작했다. 푸른 파도를 헤치듯 붉은색 요트를 향해 나아갔다. 잠수함에서 어뢰가 나와 목표물에 명중시키는 것처럼 부딪쳐 맑고 명징한 소리가 나야 성공적인 항해였다. 다행히 목표물인 1번 요트는 보기 좋게 흰 요트와 조우했다.

"팡! 팡!"

"아자!"

악어 패들의 환호성에 동민이 얼핏 연희를 돌아보았다. 웃음기 없는 표정이었다. 파이팅! 연희가 손을 흔들었다. 쓰윽 머리카락을 젖히면서 그가 일어서고 이어 규환이 큐를 잡았다. 당구대에 몸을 밀착시키고 왼손을 길게 뻗어 거리를 가늠하며 오른손으로 잡은 큐대에 힘을 조절했다.

"에취!"

나무의 체리 향이 콧속 깊이 박혔는지 규환은 연신 재채기를 했다. '동민도 체리 향에 알러지가 있는데…….' 연희의 모든 생각은 언제나 동민에게 귀결되었다. 체리 향에 집중력이 떨어졌는지 흰 요트는 2번을 비껴가 옆의 4번 붉은 요트와 조우를 했다.

"에이. 씨."

규환은 입맛을 다시며 뒤로 물러섰다. 흰 요트로 15번까지 있는 붉은 요트를 명중시켜야 점수가 올라가는 로테이션 게임이다. 숫자를 차례대로 명중시키지 못하면 게임에서 탈락이었다. 한 사람씩 큐대를 잡고 갖가지 포즈를 연출하며 게임을 하던 '악어' 패들은 몇 차례나 순번이 지나서야 겨우 자리를 털고 일어섰다. 오후 수업 시간이 임박했으니 부지런히 달음질을 해야 할 판이었다. 악어 패들은 우우, 소리를 지르며 한달음에 캠퍼스 안으로 돌진했다.

"연미야, 연호야, 연후야 일어나. 이제 제사 드리자."

자정이 가까운 늦은 밤, 연희는 잠든 동생들을 깨웠다. 아빠는 오늘 파리로 비행을 떠났으니 사흘 후에나 집으로 돌아오실 터였다. 언제나 그렇듯 새엄마는 외출 중이었다. 아빠가 귀국하기 전날이 되어야 오려나. 연희는 상 위에 따뜻한 탕과 밥을 떠 놓았다. 사과와 배, 엄마가 좋아했던 딸기까지 정성스레 씻어 상 위에 올렸다. 산적과 전, 나물은 백화점에서 사 온 것으로 대신했다. 격식을 따지기에는 시간도 능력도 모자랐다. 황태포 머리를 가위로 자르고, 마른 과자 이것저것을 제기에 담아 올렸다. 지방에는 간결하게 엄마의 생년월일, 이름만 적었다.

불을 피우고 향을 태웠다. 백화점에서 제수 거리를 살 때 향 코너에서 새로 사 온 참솔 향이었다. 참나무의 맑은 향이 거실 한쪽에 펴놓은 제사상에서 집안 곳곳까지 골고루 퍼져 나갔다. 동생들도 눈을 비비고 나와 제사상 앞에 나란히 앉았다. 이삼 년 터울인 사남매가 모이니 올망졸망 구색이 맞았다. 연희에 이어 동생들이 차례로 절을 하고 수저를 반찬에 번갈아 올렸다. 연희는 향을 자꾸 태웠다. 엄마의 따뜻하고 포근한 숨결이 자신과 동생들을 감싸는 듯했기 때문이었다.

제상을 물리고 탕에 밥을 말아 네 등분하여 나누어 먹었다. 먹으며 각자 자신의 학교생활을 이야기했다. 마치 엄마에게 자신들의 이야기를 하듯.

"엄마가 지켜보시니 누구에게도 부끄럽지 않게 열심히 살자."

마치 엄마 앞에서 약속하는 것처럼 연희는 동생들과 다짐했다. 연희는 커가는 동생들이 안쓰럽기도 했지만 힘에 겨웠다. 겨우 열아홉이었다. 다른 친구들처럼 밤 깊은 이 시간에 클럽도 가고 싶고, 몸을 못 가눌 정도로 흠뻑 취해서 거리에서 비틀거리며 방황도 해보고 싶었다. 하지만 연희의 어깨에 훈장처럼 달려 있는 것은 밖으로 도는 새엄마를 대신한 주부 노릇과 동생들의 엄마 노릇이었다.

"종강하면 우리 엠티 가자!"

"어디로?"

"엠티는 바다로 가야 제맛이지!"

"좋지!"

기말고사 준비가 한창일 때 악어 패들은 이미 엠티 약속을 잡았다. 길고 긴 세월 동안 대학 입학을 목적으로 살아왔다고 해도 과언이 아니었다. 이제 기말고사만 끝나면 홀가분한 마음으로 어디든지 떠날 수 있는 자유가 주어졌다. 어디를 가도, 무엇을 해도 일단 무사통과할 수 있는 어엿한 성인들이 아닌가. 더구나 부모님의 감시에서 놓여난 대학생이란 신분증을 가졌다. 엠티를 간다는 기대 때문일까, 기말고사도 수월하게 넘어갔다.

교정은 온통 매미 소리로 가득했다. 뜨거운 태양은 악어패 무리들을 나무 밑의 그늘로 불러들였다. 연희는 그늘이 잘 드는 원점 대리석 옆 벤치가 좋았다. 악어 패들은 마치 소풍을 떠나는 아이들처럼 웃고 떠들었다. 자리에 앉자마자 무리 속에 섞여 있는 동민을 찾았다. 평소와 다름없이 한쪽 어깨에 백팩을 늘어뜨린 동민은 왁자지껄한 가운데에서 정물화처럼 고요했다. 마치 폭풍의 눈처럼. 그녀의 시선을 느꼈는지 동민이 그녀 쪽으로 걸어왔다. 연희는 동민의 표정이 밝지 않은 것이 마음에 걸렸다. 다음 학기 등록금 때문일까. 연희가 난기류에 시달리고 있다면, 그는 늘 가난에 시달렸고, 그 결핍은 쉽게 메워지지 않았다.

"원점의 의미를 알아?"

유난히 도드라진 목울대가 출렁거렸다. 동민의 시선은 원점을 향해 있었다. 그녀도 그의 시선을 따라 원점으로 시선을 돌렸다.

교내에 설치되어 있는 수준 원점은 받침돌 위에 화강석으로 된 육면체의 설치대를 얹고 그 위에 자수정으로 표시했다.

아담한 적갈색 원형 벽돌로 쌓은 건축물이 수준 원점을 보호하고 있었다. 주변에 잔디를 깔고 문화적인 의미가 있음을 알리고는 있지만 우리나라의 수준 원점이라는 팻말이 주는 의미조차 제대로 받아들이지 못한 연희였다.

"수준 원점이란 국토의 높이나 지형을 측정할 때 쓰는 기준점을 말하는 거야. 우리가 흔히 말하는 '해발 몇 미터'에서 그 해발의 기준이 되는 곳이 바로 이곳인 거지."

평소 말이 없는 동민이 모처럼 길게 이야기를 이어갔다. 오랜만이었다. 목소리를 낮추고 천천히 말하는 그의 모습도 좋았다.

"이곳의 높이를 기준으로 해서 산이나 건물의 높이를 말하는 거야. 비행기의 고도도 마찬가지이고. 세계의 어느 곳이든 지형의 높이가 통일되어 있잖아. 나라마다 기준 원점으로 높이를 책정하기 때문이지. 우리나라의 기준 원점은 바로 저 대리석의 높이야."

모든 것에 기준이 되는 점. 그것이 있기에 세상 어느 곳에서나 산의 높이를 알 수 있었고, 비행기의 고도를 측정할 수 있다고? 이 시간 아버지도 유럽 어딘가의 하늘을 날며 고도계기를 확인하고 계시겠네. 기상 레이더를 비교하고 자동조정장치를 조절하시겠네. 그런데 아버지, 우리 가족은 지금 관제

탑과 교신이 되지 않은 지 오래라는 거 알고 계시죠?

아버지가 지금의 새엄마를 데리고 왔을 때, 연희는 고등학교 1학년이었다. 오십이 넘은 아버지에 비해 지나치게 젊은 여자였다. 더구나 전직 스튜어디스였다는 말이 실감나게 늘씬한 키에 서구적인 얼굴이었고 성격도 활달했다. 말수가 적은 아버지 옆에서 농담을 하며 명랑하게 웃는 여자를 보며 연희는 다른 나라에서 온 여자를 보는 듯 이질감을 느꼈다. 아버지와 스무 살이나 차이가 나는 여자가 동생들에게 새엄마 노릇을 잘 할 수 있을까 걱정이 되었지만 아버지의 결정이니 어쩔수 없었다.

새엄마가 들어오고 별반 달라진 일은 없었다. 아버지의 통장에서 등록금이 자동이체 되고 생활비는 새엄마가 관리했다. 연희와 동생들에게는 평상시와 다름없는 용돈이 주어졌다. 아버지가 출장에서 돌아와 며칠 쉬는 동안에는 새엄마가 별식을 만들기도 하고 함께 외식도 했다. 여느 가족과 다름없이 행복해 보이는 한때였다. 하지만 그 시간은 오래가지 않았다. 새엄마의 존재에 익숙해질 무렵, 아주 조금씩, 그리고 서서히 균열이 생기기 시작했다. 새엄마의 빈번한 외출 때문이었다. 아버지의 비행시간이 길어질 때마다 외박이 잦아졌고 그것을 알게 된 아버지의 질타로 이어졌다. 어쩌다 일어나는 부부싸움이 아니라 매일 반복되는 싸움이었다. 언제부터인가 새엄마는 연희와 동생에게 지긋지긋한 불청객으로 존재했다. 되풀이되는 싸움이 길어지자 새엄마는 될 대로 되라는 식이 되어 아버지가 없을 때면 아예 집에 들어오지 않았다.

아주 드물게 집안에 평화가 찾아오기도 했다. 아버지는 새엄마와 연희, 동생들을 데리고 백화점에 쇼핑을 가기도 하고 한적한 교외에서의 풀코스 정식으로, 잠깐이지만 화목한 시간을 만들었다. 불편한 집안 분위기를 조금이라도 누그러뜨리려는 아버지의 고심 끝 해결책이었을 것이다. 그럴 때 아버지와 새엄마 사이에는 아무 일도 없는 것처럼 부드러운 미소가 오가기도 했다. 갖가지 휘황찬란한 보석을 휘감고 부부 동반 모임에 나가는 새엄마를 바라보는 아버지 얼굴은 조금 슬퍼 보였지만 희미한 미소가 남아 있었다.

"우리 연희, 남자친구는 없나?"

모처럼 평화가 찾아온 날이었다. 아버지의 물음에 연희는 동민이 떠올랐다. 다른 애들에 비해 항상 진중한 동민. 연희의 입가에 살짝 웃음이 일었다.

"어, 있나 보네? 아빠가 집에 있는 날에 한 번 데리고 와 봐. 어떤 녀석인지 궁금하니."

아버지 말에 동생들도 호기심 가득한 눈길을 보냈다. 엄마가 돌아가신 후 동생들에게서 늘 어떤 부족함이 느껴졌다. 아직 엄마의 사랑과 도움이 필요한 나이였다. 좋은 옷, 비싼 학용품으로는 채울 수 없는 결핍이었다. 동민을 만났을 때도 같은 감정이었다. 연희가 그에게 끌리는 이유였다. 동민과 동생들이 만나 친해지면 서로의 결핍이 보완될지 몰랐다.

"박동민이라고 합니다."

아버지와 새엄마, 동생들까지 동민을 둘러싸고 앉았다. 모두 호기심 가득한 눈빛이었다. 동민은 평상시처럼 차분했지만 말을 할 때는 목울대가 유난히 떨렸다. 연희는 연신 이마의 땀을 훔치는 동민의 손을 가만히 잡았다. 얼마나 긴장했는지 그의 손은 땀으로 축축했다. 특별한 이야기를 주고받는 것도 아닌데 아버지는 허허 하며 연신 너털웃음을 터트렸다. 오랜만에 듣는 아빠 특유의 웃음소리였다. 동생들도 동민과 쉽게 어울려 뜰 한쪽에 있는 공작을 보기도 하고 마당에서 야구도 했다. 손님 접대에 일가견이 있는 새엄마는 진기한 음식들을 차례로 내왔다. 색깔과 맛이 화려한 음식이었다. 새엄마는 식사하는 내내 동민에게 말을 건넸다. 그녀의 재치 있는 농담과 웃음이 자리를 더욱 편안하게 했다. 동민의 출현으로 오랜만에 화기애애하고 활기찼다.

"너희 집 분위기 참 좋더라."

아버지와의 몇 번에 걸친 대작 때문인지 거나하게 취기가 오른 동민 역시 즐거워 보였다. 연희도 덩달아 기뻤다. 동민이 그녀의 손을 살며시 잡았다. 손으로 전해지는 따뜻한 동민의 체온과 이마까지 붉어진 그의 얼굴이 보기 좋았다.

"우리 가족 모두 네 팬이 된 것 같아. 자주 놀러 와."

"자주?"

굵은 웨이브 파마머리를 연신 뒤로 젖히던 동민이 갑자기 정색을 했다.

"그래, 자주."

연희의 순진한 대답에 씨익, 동민이 웃었다. 웃음 끝에 그는 무엇인가 할 말이 남은 것처럼 아주 잠깐 머뭇했지만 그뿐이었다. 잘 가. 그녀가 손을 흔들었다.

동민이 돌아섰다. 무엇인가 할 말이 더 있는데 하지 않는 느낌이었다. 뭘까? 왜 이러지 내 마음이? 바람이 없는데도 스스로 바람이 된 듯 머리카락을 휘날리면서 그는 점점 멀어졌다. 연신 손을 흔드는 연희에게 알 수 없는 찬바람이 불어왔다.

후덥지근한 날씨 탓인지 수준 원점은 지구 표면 아래로 내려앉은 듯 무거워 보였다. 기말고사가 끝났고 수업일수를 채우지 못한 몇 과목은 보강을 마치고 여름방학이 시작되었다. 학생들로 술렁거리던 교정이 오래된 우물 속처럼 무거운 침묵 속으로 가라앉았다. 닫힌 교정은 어둠의 궁전 같아 보였다. 악어 떼 일행은 시험에서 벗어난 홀가분함으로 목소리가 높았다. 동민은 아직 보이지 않았다. 저마다 떠들며 엠티에 필요한 먹거리와 생필품 몫을 나누는 와중에도 틈틈이 전화를 했지만 연결이 되지 않았다.

"뭘 걱정해, 동민이도 간다고 했고, 우리도 모두 가잖니?"

걱정하지 말라는 친구들의 말에 연희는 불안한 마음을 누르고 준비물을 하나 맡았다. 그들과 헤어지며 동민에게 전화를 다시 걸었다. 여전히 불통이었다.

'엠티에서 만나면 되겠지…….'

며칠 새에 동민에게 무슨 일이 일어난 것은 아닐까 걱정되었지만 스스로를 타일렀다. 서운한 마음을 누르고 내색하지 않는 것은 익숙한 일이었다.

동민은 결국 나타나지 않았다. 친구들에게도 연락이 없었다. 새벽에 나가 밤에 들어온다는 주인집 아주머니의 말끝에 귀찮음과 마땅찮음이 따라왔다. 더 이상 전화해볼 용기도 나지 않았다. 연희는 동민이 빠진 엠티는 가고 싶지 않았지만 악어 패들의 채근으로 남해안 섬으로 향했다.

바다는 마치 기다렸다는 듯이 일행을 반겼다. 수영을 하면서도, 바닷가를 걸으면서도 서운함을 내색하지 않았다. 집안 살림을 도맡아 하는 것을 모르는 친구들은 밥 짓고 찌개 끓이는 연희의 솜씨에 놀랐다. 2박 3일 여행 내내 즐거워 보이려 노력하며 보낸 연희였다.

서울역에서 친구들과 헤어지고, 연희는 달리다시피 동민의 집으로 향했다. 며칠 비운 집과 동생들은 뒷전이었다. 그의 집 근처에서 다시 전화를 걸었다. 동민은 아직 집에 돌아오지 않았다. 근처 카페로 들어갔다. 몇 시간을 기다리다 다시 가보았으나 동민의 방에는 여전히 불이 꺼져 있다. 이제는 정말 집으로 돌아가야 할 시간이었다. 연희는 한숨을 쉬었다.

발걸음을 돌려 골목을 나서는 순간이었다. 낯익은 승용차가 보였다. 동민이 차에서 내리고 있었다. 그의 출현으로 어두웠던 골목이 갑자기 환해졌다.

'동민이 왜 저 차에서 내릴까?'

연희의 가슴은 사정없이 뛰었다. 차에서 내리는 동민과 따뜻하게 눈을 맞추는 운전석의 여자. 여자는 어두운 밤하늘에서 홀로 반짝이는 별처럼 환했다.

'왜 그녀가 동민을 이곳까지 차를 태워다 줄까…….'

가슴에서 쿵쿵 소리가 났다. 다리에서 기운이 훅 빠져나갔다. 엄마가 돌아가시기 전, 손가락을 걸며 했던, 절대 울지 않겠다는 약속이 힘없이 깨졌다.

늦여름의 교정은 가벼운 들뜸이 있던 방학 전과는 많이 달랐다. 아이들에게서 묻어온 따가운 태양과 소금기가 밴 해풍의 거친 여름이 섞여 있었고 짙은 땀 냄새도 났다. 매미는 여전히 온 세상을 뒤흔들 듯 울었다. 하지만 그악스러운 매미 울음에 슬픈 곡조 한 켜가 섞여 있는 듯했다. 떠날 때가 며칠 안 남은 탓일 터였다.

2학기 등록을 마친 연희는 수업 일정과 특강을 확인하려과 사무실 알림판을 살폈다.

"김연희! 박동민에게 온 카드가 있는데 네가 전해줄래?"

우편물을 뒤적이던 3학년 선배 언니가 다가왔다. 그와 눈에 뜨일 정도로 같이 다니는 것을 주변 사람들은 알고 있었다. 연희는 얼떨결에 선배 언니가 건네주는 카드를 받았다. 달필의 글씨가 동민에게 향하고 있다. 익숙한 필체! 옷차림처럼 화려하고 길게 늘어지고 자유로워 보이는. 연희는 카드를 재빠르게 가방 속에 넣었다. 식은땀 한 줄기가 등줄기로 흘렀다.

왜 연락이 없지.

내가 기다리지 못하는 성미라는 건 잘 알잖아.

......

내용은 길지 않았다. 하고 싶은 말만 단도직입적으로 해버리고는 끝이었다. 하지만 행간에는 수많은 말들이 숨어 있을 것이다. 그들이 어떻게 만났는지. 세상이 가지고 있는 가치 기준을 어떻게 생각하는지. 앞으로 삶을 어떤 방법으로 살려는 건지. 가족들이 알게 모르게 넘어가야 하는 고통과 상처의 크기까지.

방학 내내 새엄마를 지켜보았다. 새엄마는 아버지의 해외 출장에 맞춰 당연하다는 듯 외박을 일삼았다. 혼자 사는 늙은 어머니가 많이 아프다고, 묻지도 않은 변명까지 늘어놓았다. 요즘 들어 유난히 그녀의 기색을 살피는 새엄마였다. 점점 말이 없어지고 시름이 깊어가는 아버지를 보며 매일 기도했다.

'아무 일도 아니죠? 단지 우연일 뿐이죠?'

기도는 이어졌다.

'길에서 마주친 동민을 하숙집까지 태워다준 것뿐이지요? 뚱뚱하고 욕심 가득한 늙은 어머니가 정말 위독한 것일 뿐이죠?'

연희는 과 사무실을 나와 악어 패들이 모여 있을 벤치로 향했다. 친구들은 수준 원점의 둥그런 탑 주변 잔디에 앉아 있다. 바람에 날리는 동민의 굵은 웨이브 진 파마머리가 클로즈업되어 한눈에 들어왔다. 전해주어야 할까. 달라진 게 없는 진중한 모습의 동민이었다. 여전히 무게가 있고 사려 깊어 보이는 콧대는 오늘따라 더 오뚝하고 서늘했다. 그에 비해 격 없이 웃고 떠드는 악어 패들은 철이 없고 가벼워 보였다. 오늘만큼은 연희의 눈길을 피하는 동민을 무시하며 같이 웃고 싶었다. 하지만 웃을 수 없었다. 동민의 옆으로 자리를 옮겼다.

"오랜만이네? 그동안 왜 그렇게 연락하기가 힘들었던 거야?"

평상시처럼 무심을 가장한 채였다.

"응, 알바 하느라고 시간이 없었어. 등록금 마련하려면 부지런히 뛰어야 했으니까. 겨우 등록금은 어떻게 충당이 되었지만, 월세 마련하려면 아직도 멀었어. 꼭 이러면서 학교에 다녀야 하는 건지……."

묻지도 않은 말을 길게 하는 것은, 하지 않던 하소연까지 늘어놓는 것은 평소의 동민이 아니었다.

"아, 과 사무실에 네게 카드가 와 있더라. 내가 가져왔어."

갑자기 생각난 것처럼 가방에서 카드를 꺼내는 연희의 손이 떨렸다.

"어. 고마워."

동민은 피곤해 보였다. 세상만사가 다 귀찮은 듯했다. 나조차 귀찮니? 연희는 온몸이 떨려왔다. 흘낏 카드를 훑어본 동민은 아무 표정 없이 책갈피에 끼워 넣었다.

오, 잠깐, 아주 짧은 시간만이라도 그의 손끝이 떨렸었다면, 미안하다는 눈빛이었다면, 시간은 다른 방향으로 천천히 흘러갔을지도 몰랐다.

어느 회사의 오너는 우주여행을 세상에 제시했다. 그의 손가락은 화성을 향해 있었고 세상은 그의 입을 보고 있었다. 손가락 끝에 있는 화성에 가는 시대가 정말 온다면, 그 시대를 함께 맞을 수도 있다. 하지만 그는 요즘 계속 엉뚱한 말과 행동으로 세상을 실망시켰다. 말이 빗나가고 엇갈리기를 반복했다. 가치 기준이 흔들렸다. 사람들은 그에게 조금씩 등을 돌리기 시작했다.

연희는 새엄마의 승용차를 살폈다. 은은하고도 화려한 차의 색깔은 새엄마의 화려함과 잘 어울렸다. 반짝거리는 메탈 로고는 우주를 품을 듯, 지구를 품을 듯 동그랗게 하나로 이어졌다.

'모든 사람을 품을 수 있단다, 나는.'

승용차는, 차를 탄 새엄마는 마치 그렇게 말하고 있는 것 같았다.

오래전부터 틈틈이 보아온 자동차의 정비 매뉴얼과 차체를 비교했다. 보닛을 열었다. 내부의 부속은 여러 가지 전선으로 연결되어 있다. 시동만 걸어도 스스로 부르릉 달릴 태세이지만, 작은 부품 하나에 문제가 생겨도 덜컥 서는 예민한 자동차였다. 실험은 이미 끝냈다. 복잡하게 연결된 전선 중 하나만 살짝 칼질을 해놓았다. 속도를 갑자기 올리면 멀리 가지 못해 마술은 끝날 터였다. 보닛 속으로 고개를 들이밀었다. 마치, 그 안으로 들어갈 것처럼.

세상의 모든 일은 언젠가는 보닛처럼 열리게 되어 있고, 이렇게 열리면 다 보인단다. 그리고 보인 만큼 알게 되고, 알게 되면…… 뭔가 할 수도 있는 거지.

연희의 얼굴에 오랜만에 해를 만난 듯 밝은 햇살이 스쳐 지나갔다.

*

해가 지려고 하는구나. 한낮의 뜨거운 열기도 서서히 식어 가고 있어. 그래, 서서히……. 서서히는 아주 좋은 말이야. 네

가 나를 떠난 것처럼 갑작스럽지 않아 마음이 놓여. '갑자기'
라는 단어는 어떤 이유로든 느닷없이 떨리게 만드니까. 엄마
가 떠났고, 네가 떠났지. 너를 떠나게 하려고 한 일이 아니었
는데 말이야. 사랑하는 사람을 어느 순간 놓아버리는 일은 쉬
운 일이 아니더라. 마지막으로 아빠에게 말하고 싶었어. 하늘
에도 길이 있는데 어디에도 내 길은 보이지 않아요……. 죄
송해요, 아빠. 이제 나는 소프트한 랜딩은 불가능할 거 같아
요…….

　동민아. 네가 누워 있는 이곳은 참 평온하네. 잠들기 좋은
곳이지. 눈꺼풀이 점점 무거워지고 있어. 마치 학교 숲의 수준
원점에 기대어 있는 듯해. 그러고 보니 너와 나는 세상의 기준
이 되는 지점에서 만났어. 기준이란 말은 늘 누군가의 표본이
되어 있어야 하니 긴장을 필요로 하지. 그렇기 때문에 너와 내
가 어긋났는지도 모르겠어. 조금은 여유가 용납되고 틈이 보
여도 너그럽게 넘어갈 수도 있었는데 말이야. 식물인간이 된
새엄마를 보는 시선처럼 말이지. 눈이 안 떠져. 하늘의 구름이
점점 가까워지고 있어. 이제 곧 너를 만날 수 있겠지. 네가 지
을 표정이 궁금하다.

왕버드나무

톨게이트를 지나자 빗줄기가 거세졌다. 와이퍼의 분주한 움직임에 마음이 조급해졌다. 달묵은 입을 열려다 참았다. 핸들을 움켜쥔 태훈의 손을 본 순간 자신이 무슨 말을 하건 묵살해버릴 것 같았기 때문이었다. 가슴이 꽉 막혀왔다. 숨을 크게 내쉬었지만 바람이 시원하게 배 속까지 차지 않았다. 식도를 타고 가래가 그렁그렁 올라왔다. 다시 심호흡을 했다. 이제는 마음속에 묵혀두었던 말을 태훈과 나누어야 할 때였다.

"그동안 고생 많았다. 면회를 가본다고 하면서도 가게 일 때문에 제대로 되지 않더구나."

"……."

태훈은 닷새 전 교도소에서 출소했다. 하지만 경황이 없어 속엣말 한 번 건네지 못했다. 대답이 없는 태훈에게 달묵은 다시 말을 이었다.

"살아가는 일이 뜻대로 돼야 말이지. 좀 쉬어야지 생각하면 주문이 밀리고 해서 말이다."

필요 없는 말인 줄 알면서도 달묵은 천천히 자신의 입장을 설명했다. 말을 하며 건너다본 얼굴에 잔주름이 자글하다. 스포츠형의 짧은 머리에는 희끗한 흰머리도 드문드문 보였다. 운전하던 수환을 밀치고 굳이 자신이 하겠다며 운전대를 잡은 태훈이었다.

"바쁘셨겠죠……. 늘 그러셨잖아요."

태훈의 심드렁한 대답이 개운치 않다. 저놈이 말은 저렇게 하지만 속으론 나를 얼마나 원망하고 있을까. 등받이에 기대 눈을 감고 있는 수환이 백미러에 비쳤다. 굳어진 표정이 긴장한 눈치가 역력했다.

"병신 새끼, 운전을 똑바로 해야지."

갑자기 브레이크를 밟으며 태훈은 끼어든 차에 욕을 했다. 달묵은 이놈이 내게 하는 말이 아닐까 하는 생각이 잠시 들었지만 모든 것이 귀찮았다. 고생한 걸 봐서라도 서운한 마음을 풀어주고 싶었지만 몸이 따라주지 않았다. 늙었고, 아팠고, 회복이 불가능한 병중에 있었다. 이놈아, 정작 이해와 위로를 받을 인간은 네가 아니고 나란 말이다. 말도 못하고 속엣말만 늘어놓을 뿐이었다. 뻣뻣해진 뒷목을 주무르는데 태훈은 뾰족한 눈매를 숨기지 않았다.

"어머니는 언제부터 편찮으셨어요?"

"네가 그곳에 들어가고 나서부터. 처음에는 화병이려니 하고 곧 낫겠지 했지 이렇게까지 될 줄 알았겠냐."

"그렇게 번 돈은 다 어디에 쓸려고 그러세요. 어머니를 좋은 곳에 요양시켜드릴 생각은 안 하셨어요?"

"사람 마음이 내 맘 같지 않아서 뜻대로 되지 않더구나."

태훈이 브레이크를 세게 밟는 바람에 몸이 앞으로 와락 쏠렸다. 황급히 손잡이를 잡은 달묵은 앞 유리에 부딪힐 뻔한 머리를 들었다. 뒷좌석에 앉은 수환의 몸도 앞으로 벌컥 기울어졌다. 운전하는 습관이 예나 지금이나 달라진 것이 없었다. 달묵은 마른침을 삼켰다. 병원에 누워 있는 아내가 떠올랐다. 이놈아, 그런 생각을 왜 안 했겠니. 아내에게 경치 좋고 공기 맑은 병원에 입원하기를 여러 번 권했다. 그럴 때마다 아내는 고개를 내저었다. 아내의 마음을 이해 못하는 것은 아니었다. 아들이 춥고 좁은 교도소에 있는데 어미가 되어 편한 곳에서 좋은 음식을 먹으며 요양을 할 수 있을까. 한결같이 고개를 젓는 아내에게 속수무책이었다. 성격이 급하고 목소리가 큰 달묵과 달리 아내는 말이 없고 조용했다.

핸들을 잡고 묵묵히 전방만 주시하는 태훈을 보았다. 아내를 닮은 턱이 눈에 들어왔다. 고집스러워 보이는 아내와는 달리 결기가 있고 남자다워 보였다. 달묵의 시선을 의식했는지 태훈이 창밖으로 시선을 돌렸다.

아들 둘을 앞세우고 나선 여행이었다. 여유 있게 더위를 피하자는 것도, 가족 간에 정을 쌓거나 확인하는 것도 아니었다. 달묵의 간암이 재발된 것은 두 달 전이었다. 몸의 상태를 말하는 표정 없는 의사의 얼굴에서 그의 내심을 읽을 수 있었다.

오늘내일하는 아내와, 갈 날이 머지않은 자신의 묏자리를 찾는다며 우기고 떠난 여행이었다. 하지만 그것은 아내나 아들들에게 내세운 이유에 불과했다. 썩어버릴 몸을 묻어두는 장소는 그리 중요치 않았다. 묏자리 같은 것은 팔자 편한 이들의 관심거리일 뿐, 달묵과는 거리가 먼 이야기였다. 정신을 놓고 떠나면 그만인 이승이었다. 이만하면 잘 살았지 하며 훌훌 털고 가려니 한 가지 문제가 머릿속을 어지럽혔다. 자신이 죽은 후에 남겨질 두 아들이었다. 달묵은 명확한 판단이 서지 않았다. 서로 엉켜 처음과 끝의 가닥을 찾을 수 없는 인생사를 어떻게 풀어나가야 할까. 명치가 뻐근했다.

고만고만한 상점들이 줄지어 있는 을지로 상가에서 달묵의 공구상은 꽤나 번듯하고 단골이 많았다. 아내가 죽고 네 살 난 수환이 혼자 자라는 것이 마음의 짐이었다. 서글서글하고 붙임성 있는 그는 모든 사람에게 호감을 주었다. 주변의 상인들도, 거래처의 어른들도 달묵의 소탈한 성격과 부지런함을 좋아했다. 한낮이 되면 이 사람 저 사람이 식사를 하자고 찾아왔다. 달묵을 '허씨'라고 부르는 사람이 대부분이었다.

"허 사장, 점심 먹어야지?"

"형님, 오늘은 무얼 먹을까요?"

다섯 살 많은 박 사장은 달묵을 '허 씨'나 '자네'처럼 편하게 부를 만도 했지만 늘 '허 사장'이라 불렀다. 억센 기계쟁이들 앞에서 달묵의 위치를 세워주려는 의도였다. 형제가 있다면 우애가 이렇겠지 싶었다. 그래서인지 그를 대하면 곤두섰던 긴장감이 스르르 풀리곤 했다.

한옥이 꼬불꼬불 이어진 골목에는 사랑채를 음식점으로 개조한 집들이 대부분이었다. 한여름의 더위를 말끔히 식혀주는 콩국숫집, 반죽을 홍두깨로 밀고 바지락을 넣어 끓인 칼국숫집, 살집 단단한 우둔살을 채 쳐 시원한 배와 버무려 고명으로 얹은 전주비빔밥집, 꽁치나 삼치를 연탄불에 구워 바로 내놓는 생선구잇집 등 골목은 식사 시간마다 음식 냄새와 사람

소리로 시끌벅적했다. 박 사장과 달묵은 한정식집으로 걸음을 옮겼다.

여수댁의 손맛은 음식점 골목에서 유명했다. 손끝에서 정기가 나온다는 말도 있지만 자그맣고 통통한 그녀의 손이 닿으면 하찮은 재료도 맛깔스럽고 정갈한 음식이 되었다. 여수댁은 부엌에서 음식을 만들었지만, 손님이 몰아닥쳐 손이 모자랄 때는 음식을 나르기도 했다. 단정하게 뒤로 틀어 올린 머리, 그 밑으로 드러난 흰 목덜미, 화장을 하지 않아도 뽀얀 살결, 적당히 도톰한 붉은 입술, 흰 옥양목 앞치마로 질끈 동여맨 가는 허리는 여러 남자의 눈길을 받기 충분했다.

처음부터 달묵이 여수댁에게 마음이 있었던 것은 아니었다. 그때까지도 수환을 잘 키우겠다는 마음뿐이었다. 박 사장과 이른 저녁을 하게 되어 별생각 없이 발길 닿는 대로 들어간 집이었다. 점심 장사만 해요. 가늘고 여린 목소리가 부엌에서 들려왔다. 돌아가라는 의도와 달리 발걸음을 잡아당기는 음성이었다. 호기심에 부엌을 보았다. 여수댁과 눈을 마주친 달묵은 심장이 쿵 하고 내려앉았다. 초승달 같은 눈썹 아래 짙은 음영이 드리워진 눈매에 단번에 사로잡혔다. 살짝 올라간 눈꼬리는 달묵의 가슴에 날카로운 선을 그으며 아련하게 남았다. 각지고 고집 있어 보이는 턱만 아니었으면, 그녀에게서 옮겨진 영문 모를 슬픔에 한동안 몸과 마음을 못 가누었을 터였다.

"점심에 남은 음식이라도 좋으니 간단히 주십시오."

"시간이 조금 걸릴 텐데요. 괜찮으시다면 사랑채로 들어가시고요."

얼결에 마주친 눈빛 때문이었을까, 그녀는 사랑채로 들어가라는 말을 남겼다. 장사에 대한 이런저런 이야기가 오가는데 마침 여수댁이 상을 마루에 들이고 있었다. 밥상 앞에서 달묵과 박 사장은 놀라움을 금치 못했다.

"아니, 어느새 밥을 새로 지었네. 국은 황탯국이고. 야, 뽀얗기도 하다."

밥과 국뿐만이 아니었다. 점심에 남은 찬으로 간단히 달라는 주문과는 달랐다. 갓 버무린 열무김치, 노릇노릇하게 구워 간장을 살짝 얹은 아지 조림, 고추장으로 버무린 비름나물, 김이 모락모락 나는 갓 지은 고슬고슬한 밥과 잘 어우러진 밥상이었다. 칼 지나간 자국마다 알이 배어 나오는 명란은 입맛을 당겼고, 위로 얹은 실파와 참기름의 향내가 식욕을 더했다. 어느 반찬 하나 흐트러짐 없이 청잣빛 접시에 소담스레 담겨 있었다. 찬의 귀하고 흔함은 문제가 아니었다. 아내가 죽고 처음 받아보는 정성스런 밥상이었다. 이른 저녁임에도 밥을 한 그릇 더 청해 먹은 박 사장이 말을 꺼냈다.

"들어올 때 본 여자 말이야. 허 사장은 처음 봤지?"

"예."

박 사장 말에 달묵은 다시 가슴이 울렁거렸다.

"이런 곳에서 부엌일 하기에는 아까운 인물이지 않나?"

의미심장한 웃음을 짓는 박 사장에 달묵도 따라 웃었다. 그의 웃음이 뜻하는 것을 안 달묵도 싫지 않았다. 박 사장이 여수댁을 불렀다.

"내일부터 이곳에서 점심을 해야겠어요. 조금 늦은 시간에 올 테니 준비 좀 해주쇼."

아들들을 채근하여 떠난 길은 여름 속으로 들어와 있는 듯했다. 폭우 속의 여름은 나름대로 운치가 있었다. 와이퍼의 소란에 몸을 의지하고 갈 때는 불안했지만 속도를 줄이고 천천히 가다 보면 비가 누그러졌다. 도로에 심심치 않게 청송이라 쓰인 이정표가 나타났다. 청송마을 어느 곳에 자신이 묻힐 만한 곳이 있을까. 부모도, 일가친척도 없는 고향인데 굳이 이곳을 택하는 것이 좋을까. 달묵은 헛기침을 했다. 청송 쪽으로 가자는 말만 듣고 운전하던 태훈도 이제는 정확한 행선지를 알고 싶은 듯 달묵에게 자주 눈길을 주었다.

"어디냐?"

"안동 조금 지났어요."

"청송을 거쳐 좀더 멀리까지 가보자. 어디 산세 좋은 곳은 없냐?"

뒷자리에서 침묵을 지키고 있는 수환을 돌아보았다. 평소 답사를 다닌다며 이곳저곳 다녔으니 많이 알듯 싶었다.

"청송을 가보자 하셨으니 일단 그곳을 가본 뒤 결정하죠. 형, 교대해서 운전할까?"

수환과 태훈이 자리를 바꾸었다. 수환도 앞만 보며 운전했다. 태훈과 똑같은 자세로 운전하는 수환을 달묵은 지그시 바라보았다. 어느새 이 녀석이 이렇게 컸을까. 따뜻하고 훈훈한 온기가 느껴졌다.

"아버지는 고향에 대한 기억이 별로 안 나죠? 형은 청송을 잊지 못할걸?"

"……."

태훈은 주머니에서 거칠게 담배를 꺼냈다. 라이터를 찾느라 겉옷의 주머니를 이쪽저쪽 헤집었다.

"에이, 씨팔. 라이터가 어딨는 거야."

잠깐 일었던 차 안의 밝은 기운이 태훈의 퉁명스런 말로 다시 무겁게 가라앉았다. 달묵은 창밖으로 스쳐 지나가는 가로수들이 물을 먹어 힘겹게 서 있는 모습을 보았다.

그날 이후 달묵은 늘 그곳에서 점심을 먹었다. 일부러 시간을 늦추어 한가한 점심을 즐겼다. 인사만 겨우 나누던 두 사람은 몇 달이 지나자 농담도 주고받는 사이가 되었다. 박 사장의 훈수도 한몫했다. 여수댁도 남편과 사별한 처지였다. 일곱 살인 태훈을 오빠 집에 맡기고 돈을 버는 형편이었다. 아들 하나씩 둔 처지로 홀로 살고 있다는 것이 둘을 더 가깝게 만들었는지도 몰랐다. 자신들의 처지가 그렇다 보니 부모 없는 아이들에게 마음이 가는 것도 달묵과 여수댁의 공통점이었다. 여수댁에게 향하는 마음이 하루가 다르게 애틋해졌다. 주위에서도 두 사람의 결합을 너도나도 거들었다.

여수댁 아들 태훈을 보았다. 남의 아들 같지 않았다. 아이다운 맑은 눈이면서도 총기가 서린 눈이었다. 반듯한 이마는 무엇을 배우더라도 쉽게 받아들일 것 같은 슬기로움이 있었다. 세상을 향해 무한히 열려 있는 호기심과 사사로운 정에 이끌리지 않는다는 당당함도 있었다. 아내를 닮은 턱도 눈에 들어왔다. 아내의 첫인상에서 느껴졌던 슬픔이랄까 그늘이 보이지 않았다. 오히려 그것을 한발 딛고 올라선 의젓함이 있었다. 입성은 남루했지만 범상치 않았다. 그에 비해 심성이 여린 수환이었다. 이 년 전 어미를 잃은 후, 있는 듯 없는 듯 자신의 주변을 맴돌았다. 여수댁은 달묵을 따라온 수환을 깨끗이 씻겨주었다. 아이에게 필요한 것들을 구색에 맞춰 사주기도 했다. 수환도 여수댁이 이끌면 임의롭게 잘 따랐다. 달묵은 그런 모습을 흐뭇하게 지켜보았다. 수환보다 태훈이 세 살 많은 것이 뭐 그리 큰일일까. 없던 형이 생기니 수환에게는 오히려 좋은 일일 듯싶었다. 아이들이 노는 뒤편에서 말없이 구경만 하던 수환이었다.

그렇게 시작된 재혼이었다. 휴일이면 아이들 손을 잡고 동물원에도 가고 창덕궁으로 이어진 길고 긴 돌담길도 걸어야지 하는 생각으로 점포에서 조금 떨어진 이화동에 새 터전을 잡았다. 곁에 아내가 있으니 하루하루가 푸근했다. 태환도 자신을 잘 따르고 때로는 어리광도 부렸다. 달묵은 아들 하나가 더 생겼다는 뿌듯함과 든든함으로 마음이 훈훈했다.

아이들은 초등학교를 들어가고, 중학교, 고등학교를 다니며 하루가 다르게 커갔다. 태훈은 목소리도 우렁차고 체격도 건장한 사내 녀석이 되어가고 있었다. 꽉 짜인 학교생활에서도 시간을 내어 검도니, 수영이니 운동에 게으르지 않았다. 반장이니, 전교 회장이니 하며 학교에서 두각을 나타냈다. 그에 반해 수환은 항상 뒤로 처진 모습이었다. 무엇을 이루겠다는 욕심도, 뭔가를 자기 것으로 하겠다는 야망도 없어 보였다. 활달한 태훈에 비해 말수도 적었다. 안쓰럽고 애타는 마음에 아내와 태훈 모르게 손이라도 잡으려고 하면 머쓱한지 뒤로 빼었다. 달묵은 그런 아들에게 까닭 모를 화가 치밀기도 했다. 태훈은 낯선 곳을 자신의 터전으로 삼아 씩씩하게 생활하는데, 왜 이 녀석은 주어진 밥상도 남에게 빼앗기고 샌님처럼 저러고 있는가 싶어 호통을 치기도 했다. 그럴 때마다 자신을 말리고 수환의 역성을 드는 아내와 태훈에게 더욱 화가 치밀었다.

태훈이 태양을 따라가는 해바라기라면, 수환은 태양이 진 밤에만 피는 달맞이꽃 같았다. 태훈이 달묵을 향해 마음을 활짝 열고 선선한 데 반해, 수환은 마음의 빗장을 꼭 닫고 있었다. 녀석이 무슨 생각을 하며 학교를 다닐까, 학교에서 어떤 친구를 사귈까 궁금했다. 아내는 수환에게 정성을 다했다. 태훈도 말수가 적은 동생을 자신이 보호해야 한다며 수환의 형 역할을 했다. 하지만 수환은 늘 가족으로부터 한 걸음 떨어져서 이쪽을 바라보는 듯했다. 수환이 가족으로부터 멀어지는 듯하자, 달묵은 수환에게 가는 마음을 숨길 수 없었다.

상점은 날로 번창했다. 서울뿐 아니라 전국 각 지역에서 물건을 주문하고 주문받은 물건을 보내주었다. 사업 규모가 커지자 달묵은 하루가 어찌 지나가는지 모를 정도로 바쁘게 보냈다. 태훈은 가끔 상점에 들러 잔일을 도우며 달묵의 손길이 미치지 못하는 것을 챙겼다. 집에서 볼 때는 거리감이 생기던 녀석이었다. 하지만 밖에서 마주치면 직원들보다 믿음이 가고 든든했다. 속 모르는 주위 사람들은 큰아들이 아버지를 닮아 체격도 좋고 성격도 활달하다며 부러워했다.

수환이 상점을 찾은 적도 있었다. 여름 장마로 후덥지근한 토요일 오후였다. 수환이 들어오자 침침했던 사무실에 시원한 바람이 불며 환해졌다. 좀처럼 상점에 얼굴을 내밀지 않던 녀석이었다. 의자에 앉은 모습이 듬직했다. 수환은 별말 없이 한참 있더니 약속 시간이 되었다며 일어났다. 싱거운 녀석이란 생각이 들었지만 수환과 호젓이 같이 있다는 사실 하나만으로 웃음이 나왔다. 흥겨운 마음에 귀갓길에 과일과 쇠고기 몇 근을 샀다. 가난과 사랑은 숨길 수가 없다는 말처럼 달묵은 기분 좋은 미소를 안고 집에 들어섰다. 무슨 좋은 일이 있느냐고 묻는 아내에게 수환이 처음으로 상점에 왔더라고 했다. 달묵의 말에 아내의 얼굴색이 달라졌다.

"수환이가 상점 한 번 나갔다고 이렇게 좋아하는 거예요?"

"기특하잖아."

"아니, 태훈이가 아버지를 돕겠다고 토요일 오후며 방학 때 나가 온갖 잔심부름할 때는 시큰둥하더니요. 큰아이는 당신 안중에도 없군요."

그날 이후 아내는 변했다. 태훈이 가게에 나왔건, 수환이 달묵을 찾아왔건 관심 두지 않았다. 달묵을 향한 간절한 눈빛도 사라졌다. 영문 모르는 달묵은 궁금하고 섭섭했지만, 바쁜 상점 일로 신경쓸 겨를이 없었다.

태훈도 조금씩 변하기 시작했다. 달묵에게, 엄마에게, 수환에게 먼저 말을 건네며 포용심 있게 장남으로서의 역할을 했던 그였다. 말수가 눈에 띄게 줄었고 옆에 있기라도 하면 코끝이 시릴 정도로 냉기가 감돌았다. 모든 것이 살아가는 과정이려니 하면서도 그동안 태훈이 자신의 커다란 울타리였음을 느끼곤 했다.

대학에 들어가고 난 후, 태훈의 변화는 걷잡을 수 없었다. 거의 매일 술을 마셨다. 리더십이 강했던 녀석은 세상에 대한 불만을 행동으로 표시했다. 밀린 외상값을 받으려는 술집 종업원과 형사들의 눈을 피해 이리저리 피해 다니는 수배자가 되었다. 아내의 얼굴에 수심이 가득했다. 조그마한 일에도 가슴이 뛰어 숨을 크게 못 쉬는 심장병을 앓게 된 것도 그즈음이었다. 평온을 가장한 불안이 소리 없이 집안 곳곳에 숨어들었다. 가족들은 모두 살얼음판을 걷는 듯이 조심스럽게 서로를 비껴갔다. 아내도 마음의 문을 닫아건 듯 점점 멀어졌다.

그에 비해 수환은 자신의 길을 잘 가는 듯했다. 사학을 전공하며 역사에 관심을 갖고 곳곳을 여행했다. 집안의 무거운 분위기를 누그러트리려 평소에는 안 하던 싱거운 농담도 던졌다. 답사를 갈 때면 학생의 신분으로서는 많다 싶은 용돈을 청했다. 달묵은 수환의 부탁을 거절하지 않았다. 다른 때보다 무척 많은 액수를 건넬 때였다. 봉투의 두툼한 질감에서 태훈의 오랜 부재가 느껴졌다. "형은 잘 있니?, 밥 굶지 말고 다니라고 해라." 달묵은 무심함을 가장하여 봉투를 건넸다. 수환은 말없이 봉투를 받아 가방 깊숙이 넣었다. 신중한 손길이었다. 그 모습을 보니 오래전 일이 떠올랐다, 오랜만에 상점을 찾은 수환은 그날도 말없이 앉았다 싱겁게 일어섰다. 수환은 그때와 같은 눈빛으로 달묵을 바라보고 있었다.

"여기, 생각나."

"그때와 다르지 않네. 나무만 더 자란 것 빼고는."

"이곳에서 형과 한판 붙었지."

"그랬지. 너와 나, 둘 중 하나는 죽거나 없어져야 한다고 생각했으니까."

"실컷 때리고 맞고 하니 형이 진짜 내 형이라는 생각이 들었어."

"오랜만인데 버드나무나 보고 갈까."

나른한 피로감으로 까무룩 잠이 들었다. 수환의 밝은 목소리에 달묵은 가늘게 눈을 뜨고 밖을 내다보았다. 자동차는 청송 읍내를 지나치고 있었다. 태훈도 초행은 아닌 듯했다. 읍내를 벗어나니 너른 잔디공원이 나타났다. 차를 세운 수환은 달묵을 부축하여 공원으로 향했다. 잔디밭 한편으로 그늘이 큰 나무가 서 있다. 품새로 보아서는 세월을 가늠하기 어려웠다. 연륜을 보여주는 밑둥치의 꿈틀거림이 기묘하고 늠름했다. 아들들을 따라 나무 아래 섰다. 버드나무 곁가지로 소나무가 붙어 자라는 모습이 신기했다. 소나무 역시 버드나무와 같은 넉넉한 품새와 당당한 위엄을 가졌다. 사학 전공자답게 수환이 설명했다.

"이 나무는 왕버드나무에요. 왕버들이라고 불리기도 해요. 사백 년 정도 되었어요. 오랜 세월 한곳에 있으면 자신의 싹을 틔워 새 나무가 자라는 경우가 대부분이죠. 그런데 이 나무는 희한하게 곁가지로 소나무가 나왔어요. 사람들은 소나무의 가치를 더 높이 사서 마을의 상징목으로 격상해놓았어요. 어쩌면 왕버들은 자신의 자리를 빼앗겼는지도 몰라요."

수환의 말을 들으며 나무를 보았다. 보통 버드나무는 잎을 아래로 축축 늘어뜨려 부드럽고 낭창하다. 그런데 이 나무는 잎과 줄기가 하늘로 곧게 뻗었다. 그래서일까, 그늘과 품새의 위용도 남달랐다. 품종이 다른 나무들이 서로 얽혀 서 있는 모습은 생경스럽고 신기했다. 주위를 둘러보니 멀리 보이는 산과 집들이 낯설지 않았다.

달묵은 한껏 어리광을 부릴 나인인 열 살에 고아가 되었다. 아쉬움을 뒤로하고 청송을 떠났다. 먼 일가의 도움으로 지금의 상점에 들어갔다. 배고픔과 외로움을 참고 허드렛일을 도우며 끼니를 때웠다. 힘든 시절이었다. 글은 읽고 셈은 할 줄 알아야겠다는 생각에 또래 주인집 아들에게 뒤통수를 맞아가며 늦은 밤에 글을 배웠다. 주인집 아들은 중학생이 되더니 주인어른의 눈을 속이고 밤 외출을 하곤 했다. 달묵이 소중하게 모으는 월급을 빼앗아 나가는 날도 있었다. 주인 없는 방을 지켜주며 중학교에서는 무엇을 배우나 호기심으로 책을 들쳐보았다. 낮에는 상점 구석구석을 먼지 한 톨 없이 쓸고 닦았다. 아무리 소소한 물건을 구매해도 공손한 마음으로 손님을 대했다. 추운 겨울 자전거를 타고 심부름을 갔다가 얼음판에 미끄러져 다리뼈에 금이 간 적도 있다. 앞이 보이지 않는 어두운 시절이었지만 열심히 일하고 공부했다.

달묵이 스물세 살 때, 나이가 같았던 주인집 외아들이 오토바이 사고로 죽었다. 그 충격으로 주인어른 부부가 쓰러졌다. 길목이 좋고 번듯한 건물에 있었던 상점은 그때에도 장사가 잘되어 누워 있는 주인 부부에게 비위를 맞추는 사람이 많았다. 양자를 들여야 한다는 집안의 말도 있었고 가까운 친척에게 가업을 물려야 한다고도 했다. 그러나 주인어른은 그들의 권유를 듣지 않았다. 아침저녁으로 드나드는 사람들의 입에 발린 말을 귀로 흘리더니 달묵에게 상점을 물려주었다. 이십여 년 동안 한 가게에서 지긍스럽게 일한 성격도 작용했을 것이다. 그러나 무엇보다 주인은 달묵의 부지런함과 손님을 대하는 한결같은 마음을 눈여겨보았다. 시기와 질투 섞인 말이 떠돌았지만 달묵은 활달한 성격과 뚝심으로 주위 사람을 자신의 사람으로 만들었다.

두 아들은 번갈아 운전을 하며 길을 이어갔다. 주변이 어두워지자 달묵은 수환의 안내로 절 근처 산장에서 하룻밤 묵기로 했다. 부드러운 빗소리를 품고 있는 산속의 고요는 걱정과 시름을 잠시 잊게 했다. 식사와 곁들인 술 한 잔 덕분인지 달묵의 마음이 한결 편했다. 수환이 챙겨준 약을 먹고 따뜻한 온돌에 누웠다. 피로가 몰려왔다. 얼마쯤 자다가 문득 깼다. 주먹으로 마룻바닥을 치는 소리 때문이었다. 무슨 일인가 싶어 마루 쪽을 향해 귀를 열었다. 태훈과 수환이 술을 마시며 나누는 말소리가 들렸다. 가슴 밑바닥으로부터 치올라온 격정은 누구랄 것도 없었다.

"그게 왜 내 잘못이야! 형은 내게서 모든 것을 가져가려고만 했지 나를 인정하려고 하지 않았잖아!"

"개새끼. 엄마가 왜 네 눈치만 보고 살아야 하냐. 네가 그렇게 대단한 놈이야. 뭐가 잘났는데?"

"엄마가 내 눈치를 봤다고? 그건 아니지. 내가 잘한 일에는 시큰둥하고 형이 잘한 일에는 활짝 웃는 엄마였어. 나도 형 때문에 많은 것을 잃었어. 아버지와 엄마의 관심이 부담스러워 모든 것을 자제했어. 형보다 나은 것이 있으면 엄마와 형 마음 상할까 싶어 일부러 뒤로 처졌어. 그런데도 형은 밖으로 돌았잖아. 나도 괴로웠어. 그냥 한 가족이면 되는데. 네 핏줄, 내 핏줄 따지고 서로 멀리하고. 안 그래도 되잖아. 아버지와 엄마, 형과 동생. 단순하게 가족으로 생각하면 됐잖아. 그렇게 못한 형도, 책임이 있지!"

"웃기지 마, 아버지와 가까워지려 그 이상 얼마나 더 치사하게 굽신대냐? 내가 개냐?"

누군가 술잔을 던졌는지 유리 깨지는 소리가 요란하다. 내가 피붙이만 찾았던가. 태훈을 사랑하지 않은 것은 아니다. 태훈 또한 아들임에 분명했다. 태훈이 수배자로 쫓길 때 한시도 편하게 잠잔 날이 없었다. 녀석이 한데서 잠자고 제대로 얻어먹지도 못할 텐데 하며 좋은 음식도 멀리했다. 수환이 여행을 간다며 무리한 돈을 요구해올 때도 말없이 내주었다. 오히려 봉투를 하나 더 준비하여 수환에게 주었다. 하지만 그것으로 아비의 역할을 다했다고 할 수 있을까. 정을 주는 것에 서툴렀기에 아들들의 말이 더욱 가슴을 후벼팠다. 한동안 조용하더니 다시 두런두런 말소리가 이어졌다. 아들들은 거친 격정이 한풀 꺾인 듯 누그러진 목소리였다.

"형 쫓아다니기 참 힘들었었는데."

"힘든데 뭐 하러 그렇게 찾아왔냐?"

"말은 그래도 내 덕 많이 봤을 텐데. 이제 고맙다고 한번 해보시지."

"고맙긴 뭐가 고마워. 세상 살기 귀찮아 죽었으면 좋겠다 싶으면 연락이 오고, 찾아오고. 살쾡이가 먹이 찾듯 끈질기게도 찾아냈지."

두 아들은 언제 싸웠냐는 듯 평소처럼 대화를 나누었다.

"형, 아버지를 모시고 왔는데 조금 멀어도 한 곳만 더 가면 어떨까?

"절에 가자는 말이지?"

"아버지 생전에 꼭 한 번 모시고 가고 싶었어. 물론 엄마도 함께 말이야."

아들들이 이야기 나누는 소리에 달묵은 혈기왕성했던 젊은 시절이 떠오르며 아내의 따뜻한 손길도 느껴졌다. 정겨웠던 가족에 언제부터 틈이 생기기 시작한 것일까. 모두 자신의 탓이란 생각이 들자 풀렸던 분위기가 다시 서먹해지면 어쩌나 마음이 조마조마해졌다.

"언젠가 나를 찾아왔을 때도 함께 가고 싶은 절이 있다고 했어. 보리암이었지?"

태훈은 시원하게 수환의 말을 받았다. 달묵의 마음까지도 후련해지는 활달한 목소리였다.

보리암을 향해 가는 새벽 산길은 어둠과 안개로 뒤덮였다.

"아버지가 오르긴 가파르지만 힘들어도 그리 오래 가진 않으니 조금만 참으세요."

달묵의 겨드랑이로 손을 넣으며 부축하는 수환의 손길이 부드러웠다.

"형도 이곳은 처음이지?"

수환은 어젯밤의 일을 잊은 듯 태훈에게도 말을 건넸다.

달묵은 양쪽으로 아들의 부축을 받으며 걸었다. 온 천지에 가득 찬 안개 속을 걸으니, 장성한 두 아들이 새삼 믿음직스럽고 든든했다. 새벽기도를 가는지 몇몇 사람이 걷고 있었다.

"이 산의 이름은 원래 보광산이었어요. 이성계가 이곳에서 백일기도를 하고 조선왕조를 열었지요. 부처님께 기도가 이루어지면 산을 모두 비단으로 깔아드리겠다고 마음으로 약속을 했어요. 기도 덕분인지 계획대로 새 왕조를 열었고요. 이성계는 비단을 어떻게 깔아야 하나 무척 고민했겠죠. 그러다가 산의 이름을 금산으로 바꾸는 묘안이 떠올랐대요. 한자로 금(錦)자는 비단을 뜻하잖아요. 그때부터 이 산이 금산으로 불려요. 그리고 우리가 가는 보리암에서 기도를 하면 기도가 이루어진다는 말이 전해졌어요. 이제는 유명한 기도처로 알려졌고요. 바위 밑에 묘한 자력이 존재해서 집중이 잘 되고 기도가 잘 이루어진대요. 아버지도 절에 가면 원하는 것을 부처님께 말씀드려보세요. 이루어질지도 모르니까."

달묵은 산의 내력을 유심히 들었다. 무언가를 간절히 원하면 정말 이루어질까. 복잡한 마음이 정리될까.

절 안은 아직 어둠이 가득했다. 축축한 습기로 운무와 해무가 다가왔다. 예불을 알리는 북소리를 따라 발걸음을 놓으며 법당으로 들어섰다. 수환이 부처님께 경건한 모습으로 절을 했다. 여행을 다니며 불교를 공부하게 되었다는 수환이었다. 달묵과 태훈은 법당 한쪽에 자리를 잡고 앉았다. 경을 읽는 스님의 목소리와 추임새를 넣듯 간간이 울리는 북소리에 마음이 고요해졌다. 나란히 앉은 태훈의 거칠던 숨소리도 차츰 낮아지며 고르게 들렸다.

태훈에게 실망하고 낙심한 것은 대학에 들어가서부터이다. 이전에는 작고 볼품없던 한 묘목이 나날이 실해지며 옹골찬 나무가 되어가는 모습을 즐거운 마음으로 지켜보았다. 하지만 대학교에 들어간 후부터 태훈은 완전히 달라졌다. 폭행으로 쫓기고 붙잡히며 감옥을 오갔다. 이제는 뚜렷한 직업을 가질 수도 없겠지만, 살아가려는 의욕조차도 없어 보였다. 태훈은 나이보다 훨씬 겉늙어 보였다. 냉정한 아비로 비추어질지 모르지만, 열 살에 상점의 심부름꾼으로 시작하여 오늘에 이른 자신의 마음고생에 비해 그까짓 것이 무슨 어려움이랴 싶었다.

한두 발 떨어진 곳에서 수환이 좌정하고 눈을 감은 채 묵상하는 모습이 의젓했다. 걸음도 떼지 못할 때 어미를 잃었으니 제대로 커서 사람이 될까 늘 노심초사했다. 수환이 밝게 웃으면 하루 일이 거침이 없었다. 걱정과 달리 수환은 탈없이 대학을 마치고 편안한 직장을 얻었다. 외모나 성품이나 직업에서도 그만하면 되었다. 저만큼 되기까지 아내의 마음고생 또한 컸을 터였다.

어렵게 이룬 오늘이다. 성공한 사람들이야 그까짓 것 하고 우습게 여길지 몰라도 을지로 일대에서 그만큼 목이 좋고, 사람 붐비는 곳이 없다. 다른 곳에 눈길 한 번 주지 않고 평생 일만 했다. 덕분에 상점이 있는 건물까지 사들였다. 달묵의 몫은 여기까지다. 누군가에게 물려주고 뒤로 나앉아야 할 때다.

몸도 예전 같지 않아 하는 일이 힘들었다. 그러나 태훈에게 내주기에는 수환이 걸렸고, 수환에게 이 일을 하라고 하면 분명 거절할 터였다. 주인어른이 상점을 물려주었듯이 달묵도 어려운 사람들에게 내어 주자니, 그것도 아무나 하는 것이 아닌지 결단이 서지 않았다. 가업을 수환이 이어받기를 바랐지만 태훈에게 더 맞는지도 모른다. 태훈도 자신처럼 상점 일을 좋아했다. 한 걸음 물러서면 모든 것이 명확했다. 꼭 수환이어야 한다는 생각이 판단을 흐려놓을 뿐이었다.

잔잔히 먼 곳까지 퍼져나가는 북소리가 마음을 휘돌았다. 법당 안은 사람들로 가득했다. 이들은 어떤 소망이 이루어지길 바랄까. 달묵은 몸을 일으켰다. 다리가 휘청거렸다. 세상을 떠날 시간이 점점 다가오고 있었다. 힘없이 바닥에 주저앉는데 태훈이 몸을 재빠르게 일으켜 양어깨를 부축했다. 억센 손길이지만 민첩했다. 다시 몸을 추스르고 다리에 힘을 주었다.

"이제 그만 집으로 돌아가자. 가는 길에 왕버드나무나 다시 보면서. 나와 엄마의 묏자리는 왕버들과 소나무가 멀리서라도 보이는 곳으로 정해라."

"……."

"……."

죽음을 앞둔 아비의 말이어서일까, 아들들은 깊은 침묵에 잠겼다. 짙은 안개는 여전했지만 푸르스름한 빛으로 날이 밝아왔다.

고별

온갖 화근이었던 이름 석 자를 갈기갈기 찢어서 바다에 던져버리련다.

나를 어디 떨어진 섬으로 멀리 보내다오.

— 노천명, 「고별」 중에서

리무진은 쾌적했다.

짐칸의 트렁크는 곧 동남아 특유의 후덥지근하고 축축한 습기를 머금게 될 것이다. 분실될 것이 두려워 샛노랗고 큼직한 스티커를 붙인 트렁크 안에는 별것도 아닌 것들이 꽉 차 있었다. 다 버려도 서운하지 않을 옷가지와 간단한 여행 물품들.

누가 집어 간다 한들 아쉬울 게 없는. 그러면서도 꼼꼼하게 내용물을 점검하고 잊은 게 없는지 체크 리스트를 확인하고 또 확인했다. 이럴 때 지원은 자신을 경멸한다. 사실, 가장 먼저 내던지고 싶은 것은 바로 그녀 자신이었다. 용기가 있다면 이번 여행에서 아주 유기해버리고 말 작정이다. 제발 그렇게 되기를.

늘 떠나려고 하는 지원에게 남편이 물은 적이 있다.

"왜 그렇게 계속 떠나려고 해?"

이런 물음에는 답을 잘해야 한다고 생각했다. 하지만 어떻게 말을 해야 '잘'하는 것인지 알 수 없었다. 대답 없는 그녀에게 그가 혼잣말처럼 중얼거렸다.

"어디를 가려는 게 목적이 아닌지도 모르지. 나를 떠나기 위해서라면 내가 떠나줄 수도 있는데 말이야."

실은 나는 나를 떠나고 싶다고, 그런데 그렇게 할 용기가 없어서 그냥 어디로든 가는 것이라고 말하지는 못했다. 진심이 때로는 타인의 마음에 고통을 준다는 것을 알고 있으므로.

작은 가방을 든 두 남자가 리무진에 올랐다. 좌석이 텅 빈 버스 안을 휘둘러보더니 경쾌한 발걸음으로 지원이 앉아 있는 자리를 지나 두어 칸 정도 뒷좌석에 자리를 잡았다. 그들의 대화는 유창한 외국어와 소리 죽여 노트북의 키보드를 두드리는 소리가 리드미컬하게 섞여 있었다. 아마도 그들은 여덟 시간이나 열한 시간, 아니 논스톱 열여섯 시간을 비행기 안에서 보낸다 해도 저렇게 절제된 단어를 절제된 톤으로 일관할 것이다.

그들의 대화를 분석하는 것은 아마도 직업과 무관하지 않을 듯했다. 번역은 그녀의 일이기도 했지만 이미 일상이었다. 원서의 한 부분에서 발견한 단어처럼, 연결하고 되짚어보고 해석하는 지원의 습관이랄까. 지원은 쓴웃음을 지었다. 간간이 들리는 말소리와 노트북 자판 소리를 무시하려 창밖으로 고개를 돌렸다. 멀리 인천 제2공항 터미널이 눈에 들어왔다.

리무진이 7번 게이트를 지날 때 마라도의 그녀, 윤 작가를 발견했다. 개량한복을 편하게 걸친 모습이 낯설지 않아 눈길이 갔던 것이리라. 트렁크를 실은 카트를 밀고 가는 그녀는 여전히 표정이 없었다. 타닥타닥. 노트북 키보드 소리가 마음속에서도 들려왔다. 그 섬에는 가지 말았어야 했을까.

*

"꼭 가야 하겠어?"

"응"

"태풍이 오면 섬에 갇히는 건데도?"

"그러려고 가는 거야."

"너는 갇히러 가지만, 그동안 나는?"

"아무려나 가는 거, 좀 편하게 보내주면 안 돼?"

비트겐슈타인, 그리고 노트북. 등 뒤 남편의 눈길이 따가웠지만 지원은 모른 척하고 트렁크를 열었다. 앞으로는 오직 비트겐슈타인만 생각할 것이다. 당신도 없고 나도 없다. 넣은 것이 거의 없는 트렁크는 헐렁했다. 화장품 몇 개를 넣었다가 뺐다. 여벌의 옷 몇 가지도 넣었다가 다시 옷장으로 들어갔다. 넣었다가 빼고, 다시 넣으려다 빼고를 반복하는데 딸깍, 현관문 잠기는 소리가 들렸다. 남편이 출근하는 소리였다. 남편과의 사이에 있던 보이지 않는 문 중에서 하나가 또 그렇게 닫혔다. 그 첫 번째 문은 규가 떠나고 난 다음이었다.

제주공항에 내리자마자 모슬포항으로 향했다. 항구에서 마라도까지는 30분 거리였다. 곧 태풍이 올 거라는 일기예보 때문인지 모슬포항에는 이미 여러 척의 배들이 정박 중이었다.

배는 생각보다 많은 승객으로 붐볐다. 섬을 한 바퀴 구경하고 오후 4시 배를 타고 나올 관광객들이었다. 형형색색의 화려한 옷과 모자를 걸쳤고, 바다의 푸른빛이 눈에 시린 듯 선글라스로 눈을 가렸다. 태풍 직전의 바다는 조용했고 에메랄

드빛으로 빛났다.

푸른 바다를 가르며 배가 지나간 뒤로 하얀 포말이 따라왔다. 갑판에는 가족들이나 연인들이 짠내 나는 바람을 맞고 있었다. 스피커에서 오래된 팝송이 흘러나왔다. 모두 흥겨운 표정이었다. 이들이 바로 'Lebensgefährte', 서구에서 말하는 인생의 동반자일까. 번역하려고 들고 온 책 서두에도 있었다. 부부, 친구, 가족관계 등의 전형이 되는 관계, 하지만 동반하기 위한 조건이 바로 독립된 서로를 존경, 존중해주는 배려의 자세가 필요한 관계. 기꺼이 하나로 묶여 있는 그들에게 이 시간은 다시 돌아오지 않을 귀한 시간이었고 지원 역시 그러했다. 모두 섬을 향해 가면서 다시는 만나지 못할 한 지점을 통과하는 중이었다.

선착장은 섬의 구릉과 연결되어 있어 계단을 올라야 했다. 한여름의 태양과 푸른 바다, 흥겨우면서도 잔잔한 음악에 취해 있던 여행객들은 섬에 도착하자 바쁘게 계단을 올랐다. 그들은 막배가 올 두 시간여 동안 섬을 일주하며 마라도의 트레이드마크가 된 짜장면을 먹을 것이며 우리나라 최남단이란 글이 새겨진 바위 앞에서 사진을 찍고, 누군가는 남쪽 끝의 바닷물에 발을 담글 것이다. 여행객들은 순식간에 시야에서 사라졌다. 한쪽 좌석에 무리를 지어 앉아 있던 해경들이 뒤를 이어 신속한 행동으로 내렸다.

지원은 트렁크와 마치 친구처럼 나란히 서서 지나온 바다를 바라보았다. 세상의 끝에 선 느낌이었다. 섬은 작아도 관광객들이 몰고 온 활발한 기운이 있었다. 빠르게 돌아가야 한다는 서두름인지도 몰랐다. 지원은 서두름을 비껴 유일한 친구인 트렁크를 끌고 섬의 산책로를 걸었다. 가방을 끌고 걷기에는 조금 먼 거리였다. 혼자 걷기에는 지루하다는 생각이 들 때쯤 기원정사를 지키고 계시는 해수관음상이 보였다. 선착장의 반대편이었다. 비행기로 30분 거리, 공항에서 모슬포항까지 택시로 30여 분, 선착장에서 30분의 거리를 걸어 도착한 물리적인 시간이었다.

기원정사는 섬의 서쪽 끝에 자리하고 있었다. 큰 키의 관세음부처님도 서쪽 바다를 바라보고 계셨다. 지원은 돌담에 둘러싸인 경내로 들어섰다. 관광객이 있을 법도 한데 경내는 고요했다. 정중동. 차분함과는 다른 무거운 침묵이었다. 고요함 속에서 검은 연기 같은, 실체가 불분명한 불안하고 위험한 기류가 기원정사를 감싸고 있었다. 그것은 조금씩 섬 전체로 영역을 확대하는 듯했다. 뚜렷하게 단정지을 수 없는 불안한 기류였다. 쾌청하고 무더운 날인데 갑자기 오소소 소름이 돋

앗다.

불안한 기류는 규와 헤어지기 전의 영문 모를 불안감과 닮아 있었다. 쿵. 쿵. 심장이 밖으로 튀어나올 듯 소리가 점점 커졌다. 지원은 양팔로 심장 어귀를 눌렀다. 더 이상 불안감이 새어 나올 수 없도록. 세상에 하나뿐인 친구를 대하듯 애틋한 눈빛으로 트렁크를 내려다보았다. 이 무생물은 소울 메이트처럼 나를 보호할 거야. 지원은 트렁크 손잡이를 쥔 손에 힘을 주었다. 친구의 손을 잡은 듯. 마치 이 세상에는 트렁크밖에 없는 듯. 다시 한번 심호흡을 한 지원은 걸음을 옮겼다. 거친 시멘트 바닥에 부딪치는 트렁크 바퀴 소리가 요란했다.

'자발적 유배의 시간'

요사채에 커다란 나무 팻말이 걸려 있었다. 예술가들에게 자발적 유배의 시간을 주어 예술의 완성을 돕는 곳이리라. 유배를 신청한 예술가들에게 선방으로 사용되었던 방이 주어졌다. 일렬로 늘어선 방마다 작가 이름이 적힌 팻말이 붙어 있었다.

박지원. 지원은 자신의 이름이 적힌 방문을 열었다. 단출하고 소박한 방이었다. 창문 아래 책상이, 벽에는 에어컨이, 그 밑에는 정갈하게 놓인 침구가 있었다. 미지의 세계를 향하듯 조심스레 발을 내딛었다. 꼭 섬에 가야겠느냐는 남편의 힐

난 섞인 목소리가 떠올랐다. 규, 그리고 섬. 지원과 남편이 가진 상처의 근원에는 섬이 있었다. 갑자기 피곤이 몰려온 지원은 쓰러지듯 바닥에 누웠다. 정말 긴 여정이었다. 지원은 마라도에 와서 그녀만의 섬에 갇힌 것 같았다. 아, 내가 정말 유배를 왔구나. 이곳에서 번역 작업을 마칠 수 있을까. 아니, 무엇보다 나를 찾을 수 있을까. 마음을 가득 채우고 있는 불안의 덩어리를 끄집어낼 수 있을까.

기원정사. 이곳에서 작가들에게 방을 제공하는 프로그램을 진행한다고 했을 때 마음을 이끌었던 것은 절의 이름이었다. 싯다르타가 득도 후, 처음으로 불문을 펼치기 위해 세운 사찰이 기원정사다. 그곳에서 기적과 같이 많은 이들이 깨우쳤다. 지원에게도 깨우침이 필요했다. 이만하면 됐다는 긍정과 이만큼에서 멈추자는 체념은 왜 아직도 오지 않은 걸까. 이미 일어날 일은 모두 일어났고 기쁨과 행복의 한 페이지를 오래전 넘긴 지금이었다. 이제 희망, 기대, 가슴 떨림과 같은 봄날의 언어는 어울리지 않았는데, 이 힘겨운 고민은 왜 끊이질 않는 걸까.

간단히 청소를 마치고 문을 나섰다. 지원의 방 맞은편에는 낯설지 않은 이름표가 붙어 있었다. 베스트셀러 작가로 유명한 소설가였다. 그녀의 소설은 깊이가 있었다. 간결하면서도 매혹적인 문체는 많은 독자들에게 사랑받고 회자되었다. 그녀와 함께 생활을 하게 되다니.

기울어진 햇살이 현관 유리를 통해 들어왔다. 마루를 가로질러 벌레가 느릿느릿 기어가고 있었다. 다리가 무척 많이 달린 벌레였다. 흠칫 놀라는데, 복도 끝 쪽 방문이 열렸다. 방에서 나온 사람은 젊은 남자였다.

"오늘 오셨군요. 환영합니다."

남자는 심리소설을 쓰고 있다고 자신을 소개했다.

"그런데……."

갑자기 그의 목소리가 낮아졌다.

"혹시 무슨 소식 들으셨나요?"

"무슨 소식……이요?"

"아……, 아직 못 들으셨군요."

남자의 목소리가 더욱 낮아졌다.

"아빠와 아이 둘이 바다에 빠졌어요. 사진을 찍다가 밀려오는 파도에 순식간에 휩쓸린 거죠. 아침 첫 배로 들어왔던 가족이랍니다. 파출소장과 의경 두 명이 달려왔지만 순간적으로 파도에 휩쓸려 나간 사람을 찾는다는 것은 불가능에 가깝죠. 사진 찍으려던 애 엄마가 넋이 나가 혼절했어요. 아마 선생님이 타고 들어오신 배로 실려 나갔을 겁니다."

지원은 비명을 삼켰다. 목구멍 어딘가에서 뜨거운 어떤 것이 올라왔다. 마치 그때처럼. 규가 사라진 후, 세상의 모든 사고는 지원에게 점 하나처럼 멀고 아득했다. 하지만 그 점도 순식간에 해일처럼 강하게 밀어닥칠 때가 있었다. 지원은 가슴께를 어루만졌다. 섬에 도착했을 때부터 느껴지던, 조용하지만 불안을 감싸고 흐르던 기류의 원인은 한 가족의 의도치 않은 사고였다.

"아마 이번 배에 구조대원들이 들어왔겠지만 그들을 구하기에는 이미 늦은 시간이죠. 곧 태풍이 들이닥칠 바다를 누가 들어갈 수 있겠어요."

목소리가 커지면 가족의 불행이 일파만파 더 커지고, 그것이 자신에게도 전염될지도 모른다는 듯 낮고 조심스러운 어조였다. 젊은 소설가와 지원은 눈빛을 교환했다. 마치 불행을 공모한 사람처럼.

마침 누군가 현관으로 들어섰다. 지원의 방 앞 명패의 주인공인 소설 쓰는 윤 작가였다. 놀랍게도 그녀는 삭발을 하고 있었다. 황토색의 헐렁한 개량한복과 화장기 없는 얼굴은 비구니를 연상시켰다. 외꺼풀이 많이 내려앉아 가늘어 보이는 눈매가 예리했다. 날카롭던 눈빛은 지원을 보자 금세 누그러졌다. 눈을 동그랗게 뜨고 환한 웃음을 지으며 맞았다. 이후에도 그녀는 지원을 보면 순박하고도 환한 웃음을 지었다. 하지만 날카롭고 차가웠던 첫 눈빛의 잔영은 그녀의 함박웃음 어딘가에 남아 있는 것 같았다.

윤 작가는 밖의 섬을 며칠 다녀왔다고 했다. 본섬에서 해군기지를 반대하는 모임이 있었고, 섬 일주를 하며 서명운동을 벌이는 행사에 참여 중이라 했다. 지원은 아연한 표정을 숨기지 못했다. 유배의 시간이 필요해서 우리나라 최남단의 섬을 찾았는데 체제를 반대하는 모임에 참석하기 위해 본섬으로 외유를 떠났다니. 그녀 소설의 한 대목을 보는 것 같았다.

자발적 유배의 시간을 보내고 있는 작가는 다섯 명이었다. 저녁 식사 자리에서 비로소 모두 모여 인사를 나누었다. 태풍을 대비해 본섬에서 시간을 보내다 들어온 작가는 윤 작가와 남자 시인이었다. 그날 도착한 지원만 새로운 입주자였다.

"동업자끼리 알차고 보람 있는 유배의 시간을 보내자구요."

누군가가 냉장고에서 맥주를 꺼내 왔다. 식사 시간 이후의 주 화제는 삭발한 윤 작가였다.

"실천력 있는 건 알았지만 이렇게 적극적으로 참여하는 모습은 놀라워요."

갑자기 삭발을 하고 나타난 윤의 모습은 다른 작가들에게
도 뜻밖의 일인 듯했다.

"해군기지를 반대하는 모임이 끝난 후 몇 사람과 오름을
오르고 함께 삭발을 했어요."

놀라는 다른 작가들에 비해 정작 그녀는 대수롭지 않은 표
정이었다. 윤 작가는 맥주는 입에 대지도 않았다. 채식주의자
라며 반찬도 가려 먹었다. 주메뉴로 나온 고깃국은 냄비에 다
시 부었다. 식사도 맥주도 별 무리 없이 비우는 지원과는 달
리, 술잔을 거절하고 나물 반찬을 조금씩 먹었다. 모두 화합하
자며 술잔을 들었지만 그녀는 노우, 하며 단호하게 고개를 저
었다. 처음 마주쳤던 날카롭던 눈빛처럼 단단하고 당당했다.

화제는 자연스레 강정마을 해군기지 문제로 이어졌다. 지
역 주민 입장에서는 반대가 당연하지만 나라 전체로 보면 필
요한 일이기도 하다는 말도 나왔다. 그들의 적극적인 현실참
여 발언은 지원을 당황시켰다. 자발적 유배의 시간 속으로 들
어온 사람들에게는 도무지 어울리지 않았다.

다시 화제는 물에 빠져 순식간에 와해되어버린 가족으로
옮겨졌고 실종 가족을 위한 사태 수습에 관해서도 이야기가
오갔다. 지원은 그냥 조용히 그들의 말을 들었다.

가족여행으로 주위가 환해졌을 즐거운 시간의 한순간, 갑

자기 산산이 부서진 가정은 어찌될까. 그 행복을 사진으로 찍는 순간, 남편과 아이들이 사라져버린 여자의 고통과 상실감은 어찌해야 할까. 윤 작가가 머리를 삭발하면서까지 반대하였던 제주도 해군기지는 정말 위험할까.

때마침 종무 스님이 작가들에게 소식을 전했다.

"복지회관에서 대책 회의가 열리는데 작가분들도 함께 참석하셔도 된다고 합니다."

남자 작가들이 서둘러 종무 스님을 따라나서는 바람에 뒤처리는 지원과 윤 작가의 몫이 되었다. 식탁을 정리하고 설거지를 하면서도 별반 말이 없었다. 언뜻, 돌아선 그녀의 민머리에 칼자국이 눈에 들어왔다. 선명하게 길이 난 것 같은 칼자국이었다. 어쩐지 지원은 가슴이 철렁해졌다. 어색한 침묵이 잠시 흘렀다. 당신의 작품을 좋아해서 지금도 가끔 당신의 소설을 펼친다는 사사로운 말을 꺼내기에는 입이 떨어지지 않았다. 불행을 당한 가족을 생각할 때에 적당한 말이 아니었다. 의도치 않은 생의 마감. 행복이 피워 올랐을 시간과 그들의 빛나고 여린 나이에 가슴이 저려왔다. 규와 마찬가지로 세상을 향해 활짝 피어보지 못한 채 한줄기 불꽃으로 사그라졌을 영혼들이었다.

규가 사라진 후, 주위에 어떤 슬픔이 있는지 세상에 어떤 분란이 일고 있는지 알아채지 못했고 알고 싶지도 않았으며 오직 자신에게만 빠져 살았다.

조수에 맞추어 밀려 나가는 썰물처럼 몰려왔던 관광객들이 섬을 떠났다. 섬에서 영업을 하던 섬 주민들도 얼마나 계속될지 모르는 태풍에 대비하여 섬을 나갔다. 이제 섬에는 파견 나온 경사와 의경, 편의점 사장, 짜장면집과 횟집의 한두 사람, 자발적 유배를 택한 몇 사람뿐이었다. 해가 기울면서 바다는 점점 검은빛으로 변해갔다. 검은색의 커다란 말갈기를 닮은 파도는 기세등등하게 사나운 울음을 토해냈다. 아빠와 아이 둘이 바닷속에서 길을 찾고 있었다. 산속에서 길을 잃은 헨젤과 그레텔에게는 흔적을 남겨놓을 빵이라도 있었다. 하지만 그들 가족에게는 검고 휘몰아치는 소용돌이와 드센 파도만이 있을 뿐이었다. 위기 속에서 꾀를 내어 금은보석을 가지고 돌아온 동화가 아니었다. 태풍이 곧 밀어닥칠 바다는 점점 거칠게 험해졌고 어둠이 짙어지며 사나운 짐승의 울음소리를 뱉어냈다.

그녀와 함께 배를 타고 온 제주 경찰과 해경들은 태풍이 몰아치는 바다에 쉽게 접근할 수 없었다. 끊임없이 경계주의보를 확인하며 바다 주위를 살폈지만 자연 앞에서 인간은 너무도 무력했다. 본격적인 태풍이 오기 전 몇몇 해경이 바다에 뛰어들기도 했지만 결국 손을 들고 말았다. 무섭게 달려드는 파도를 이겨내지 못한 것이다. 거대한 자연의 분노와 성냄 앞에서 연약한 인간은 보잘것없었다.

태풍은 일주일 동안 물벼락을 섬에 뿌렸다. 바다의 질주는 거침이 없었다. 섬에 남아 있던 몇 명의 주민과 유배 온 작가들은 숨을 죽였다. 작가들은 태풍이 섬을 위협하는 모습을 정면으로 바라보았다. 파도는 말의 울음소리를 내며 갈기를 세우고 섬을 덮쳤다. 먼바다에 떠 있던 스티로폼, 플라스틱 용기들이 떠밀려 왔다. 지저분한 쓰레기들은 섬에 머물렀지만 정작 기다리던 실종 가족은 오지 않았다.

어느덧 태풍에 익숙해진 지원은 윤 작가와 함께 비를 맞으며 섬을 쏘다녔다. 윤은 매일 복지회관을 방문했다. 구조작업의 상황을 살펴보며 세상을 달리한 가족들의 명복을 빌기도 하고, 섬에 사는 해녀들과 바위에 앉아 이야기를 나누기도 했다. 서쪽 대문바위에서 결가부좌를 하고 해가 지는 바다를 바라보기도 하고, 일반인 출입이 금지된 등대에 오르기 위해 경찰을 설득하여 홀로 등대에 오르기도 했다. 등대 위에서 망망대해를 바라보는 윤 작가의 모습은 바람 앞에 홀로 타는 촛불 같았다. 그녀의 유배 시간은 방에 틀어박혀 작품을 쓰고 있는 여느 작가들과는 달라도 한참 달랐다.

헬기까지 동원하여 먼바다까지 수색하고 수시로 잠수를 하여 실종자들을 찾았지만 결국 아빠와 아기들은 발견되지 못했다. 돌아올 수 없는 먼 곳을 향해 발길을 옮긴 가족을 위해 조촐한 위령제를 지낸 후 해경들은 섬에서 철수했다. 행복했던 가족이 바다에서 실종된 지 이 주일 만이었다.

구조대가 떠난 후에도 한동안 윤 작가는 사건이 일어난 바위로 갔다. 혼자 오롯이 서서 관세음보문품을 읽었다. 지장경을 읊조리며 피지 못한 영혼들을 위해 기도했다. 경을 읽다가 자신의 시를 읊조리기도 했다. 그녀의 목소리는 늘 가라앉아 있었다. 무언가 가슴에 커다란 구멍이 뚫린 것 같았다. 그녀는 그 구멍을 메우기 위해 늘 행동해야 했는지도 몰랐다. 몸과 마음을 움직여 채워지지 않는 욕망이나 울분을 가라앉히는지도. 그녀의 마음을 통해 나오는 목소리는 무겁고 탁했다. 그녀의 가슴에 내재된 커다란 덩어리는 대체 무엇일까. 세상에 대한 불만인지 상처인지 슬픔인지 자신의 굴곡진 삶에의 도전정신인지 알 수 없었다.

윤 작가의 민머리에서 가뭇가뭇 머리카락이 솟아나고 있었다. 중간중간 흰 머리칼이 섞인 채로. 흉터 자국은 조금씩 솟아오르는 머리칼 속으로 흰 길이 뻗어 있는 듯 보였다. 칼자국처럼 예리하고 날카로운 길이었다. 그녀의 머리카락이 조금씩 자라는 것을 볼 때마다 지원은 어쩐지 그녀가 안쓰러웠다. 짧은 머리 사이로 난 상처가 빨리 가려졌으면 좋겠다는 생각도 들었다. 그럴 때마다 그녀의 머리로 손이 자꾸 갔다. 손길을 뻗어 머리를 만져주며 그녀의 상처를 이해하고 싶었다.

"머리 상처는 왜 생긴 거예요?"

질문을 하기까지 오랜 시간이 걸렸다.

"나도 지원 씨처럼 긴 머리에 웨이브 진 퍼머를 한 적이 있었어요."

우문현답이라도 하는 걸까. 그녀가 지원을 향해 눈이 부신 듯 웃음을 지었다.

"아들이 초등학교 5학년 때쯤이었을 거예요."

그녀에게 가족 이야기를 듣는 것은 처음이었다.

"지금은 꽤 컸겠군요."

"그렇죠. 오래전 일이니까……."

"몇 살이에요? 집에 있나요?"

"좀 멀리 있어요."

"아, 외국에 있군요?"

"……."

그때였을 것이다. 그녀의 등이 조금씩 흔들린 것은. 지원은 저도 모르게 그녀를 안았다. 윤 작가는 지원의 품에서 가만히 흐느꼈다. 맞닿은 그녀의 가슴이 심하게 떨리고 있었다. 벼랑에서 흔들리며 핀 꽃. 그녀는 고통을 감내하는 중인 것 같았다. 이겨내기 위해, 살아내기 위해, 세상에 뿌리를 내리려는 자신과의 치열한 싸움일까. 억누르기 힘든 어떤 상처가 당당하고 단단한 그녀를 떨게 만드는 것일까.

지원의 가슴도 떨려왔다. 세상의 모든 사고는 왜 '엄마'라는 단어 앞에서 더욱 커지는 것일까. 지원은 그녀처럼 흐느끼지는 않았지만 애써 참고 있던 자신의 마음도 봉인 해제되는 것을 느꼈다. 규가 간 길도 이렇게 길이 나 있기는 한 것일까. 지원은 그녀 머리의 상처를, 머릿속의 흰 길을 가만가만 만졌다.

그날 밤 이후 윤 작가는 혼자 시간을 보내는 눈치였다. 혼자 섬을 돌며 마음을 다잡는 듯했다. 지원도 마음을 단단히 잡도리하여 책상 앞에 앉았다. 소박하고 단출한 방에서 나오지 않았고 때로는 식사도 걸렀다. 하지만 번역일은 생각처럼 진도가 나가지 않았다. 혼자이게 내버려두지 않는 사건 사고가 있었고 흐느끼는 바다가 있었다. 지원에게는 평범하면서도 결코 평범하지 않은 유배의 시간이었다. 가족이 순간적으로 와해되는 모습을 보았고 상실감이 그 누구도 함께 나눌 수 없는 슬픔이 되는 것도 보았다. 지원도 이미 겪었기에 무심해졌다고 생각했던 감정이었다.

머무르기로 예정되었던 두 달이 파도처럼 밀려왔다 밀려나갔다. 모든 것이 생각처럼 쉽게 되지 않았고 이루어지지 않았다. 나머지 시간이라도 악착같이 매달려 끝내야 했다. 끝없이 생겨나는 계단을 오르고 싶은 욕망은 집착의 다른 얼굴이었다. 번역에의 몰두는 규를 잊는 방법이기도 했다.

'우리를 사로잡는 혼란은 언어가 일하고 있을 때가 아니요, 빈둥거릴 때이다.'

비트겐슈타인이 저서 뒷부분에서 언급한 문장이었다. 번역은 했지만 명확한 표현 같지 않았다. 다른 번역가는 이 표현을 '철학적 문제들은 언어가 휴가를 보내고 있을 때 발생한다.'로 해석했다. '빈둥거리다'는 아무 일도 하지 않고 게으름을 피우며 놀기만 하는 상태를 말한다. 계획을 세우고 목적지를 찾아가서 휴식을 취하는 휴가와 거리가 있었다. 철학자는 시골 학교 교사로 혈혈단신 부임해 청교도적인 삶을 살았다. 철학자의 이런 성격으로 볼 때 '휴가'라는 온유한 표현이 적확할까.

가끔 고개를 들면 창으로 작가들이 들어오고 나가는 모습이 보였다. 그들과 눈이 마주치는 경우도 왕왕 있었다. 그럴 때는 서로 어색하여 서둘러 시선을 돌렸다. 특히 윤 작가가 나가고 들어올 때는 여간 신경이 쓰이는 것이 아니었다. 그녀는 섬을 산책하며 사귄 몇 명의 주민들과 복지회관에서 요가를 함께 한다고 했다. 그러던 어느 날부터는 그녀의 출입을 감지할 수 없었다. 작가들의 움직임 속에 윤 작가는 보이지 않았다. 궁금함을 떨치고 지원은 모든 신경을 번역에 쏟았다.

비트겐슈타인, 비트겐슈타인……. 오스트리아의 빈과 헝가리의 부다페스트 그리고 체코의 프라하를 동유럽 황금 삼각지라고 일컬었다. 보면 볼수록, 알면 알수록 유서 깊은 도시였다. 그곳에서 꽃피던 철학자들의 사상과 말들은 세계의 석학들에게 영향을 주었고 서양의 철학을 알아야 우리 학계에서도 인정을 받았다. 하지만 이상하게도 페이지를 넘길수록 회의와 의혹이 자주 찾아왔다. 유럽의 철학을 내가 굳이 이렇게 알아야만 할까. 밤샘하며 사전을 찾으며 의미를 부여해야 할까. 머리라도 식혀야겠다 싶어 일어섰다. 시원한 맥주라도 한잔 마셔야 할 것 같았다. 맥주 몇 캔과 소주 대여섯 병 정도는 주방 냉장고에 늘 비치해놓았다. 그것들은 술이라기보다 유배지에 갇힌 이들의 숨통을 트이게 하는 작가들의 비상식량이었다.

맥주 한 캔을 꺼내 뚜껑을 땄다. 목을 타고 넘어간 시원한 맥주로 머릿속까지 청량해지는 듯했다. 몇 모금을 마시는데 누군가 들어왔다. 윤 작가였다. 산책을 다녀오기에는 너무 늦은 시간이었다. 그녀를 정면으로 바라본 게 처음은 아닌데 그녀의 눈빛과 어색하게 짓는 미소, 표정까지 모두 낯설었다. 그녀를 향한 지원의 미소도 그녀에게는 낯선 모습일 것이다.

술을 마시지 않던 그녀도 맥주 한 캔을 꺼냈다. 맥주 캔을 든 그녀는 소파의 왼쪽 끝에 앉아 있는 지원을 지나쳐 오른쪽 끝에 앉았다. 그녀와 지원 사이에는 세 명은 충분히 앉을 공간이 있었다. 하지만 그런 사실적인 거리보다 마음속 거리는 더 멀게 느껴졌다. 그녀가 지원을 의지해 흐느끼던 그날부터 일주일이나 흐른 시간의 거리감은 또 어떻고.

"모레 돌아가요."

나지막한 목소리였다. 지원은 울컥했지만 번역을 끝내야 하는 마음이 앞서 조급했다. 그녀와 함께 나누고 있는 이 시간은 맥주 한 캔의 취기를 이용해 원서 몇 장 더 번역해야 하는 시간이었다. 지원은 모든 초점을 번역에 맞추려고 있는 힘을 다하고 있었다. 하지만 안간힘을 쓰며 꼭 쥐고 있던 지원의 주먹이 자꾸 떨려왔다.

"댁으로 가시는 거죠?"

"……집으로 가야겠죠?"

그녀의 시선은 아득한 곳을 향하고 있었다. 윤 작가는 이
세상 어느 것도 보이지 않는 것 같았다. 그녀의 카리스마는 어
디로 갔을까. 그녀의 단단했던 목소리는 어디로 갔을까. 그녀
에 대한 여러 가지가 궁금했지만 마쳐야 할 원고의 끝부분 때
문에 시간을 아껴야 했다. 지원은 그녀에게 손을 내밀지 못했
다. 잘 가라고, 안전하게 귀가하기를 바란다는 말이 마지막 인
사일 뿐이었다. 방으로 돌아와 다시 책상에 앉았다. 비트겐슈
타인은 일상의 언어에는 아무것도 숨겨져 있지 않다고 했다.
삶을 꿰뚫는 진리나 원리는 없다고 말했다. 하지만 그는 그럼
에도 불구하고 인생을 모두 바쳐 일상 언어를 조사하고 기술
했다.

일상 언어에는 아무것도 숨겨져 있지 않다. 그렇다. 그렇게
생각하자. 여전히 주먹을 꼭 쥔 채, 지원은 마음을 다잡았다.

다음 날 오후, 윤 작가가 나가는 기척이 들렸다. 옆방 작가
에게 작별 인사를 하며 복지회관으로 간다는 말이 흙벽을 통
해 들려왔다. 지난밤 함께 하지 못한 미안함에 펼쳐놓았던 책
들을 덮었다. 그녀와의 만남은 짧았지만 깊었다. 오직 태풍
과 바람만이 찾아오는 곳이었다. 배가 뜨지 않는 섬은 답답하

고 갑갑했다. 그럴 때마다 윤 작가는 지원에게 의지가 되었다. 별 대화는 없었지만 오가는 시선으로 많은 것을 공유했다. 저녁의 석양이 어떤 붉은 빛인지, 아침을 맞는 섬은 어떤 모습인지, 밤새 울부짖는 파도 소리로 어떻게 다음 날의 맑음과 흐림을 가늠하는지 이야기를 나눴다. 그렇게 두 달이 흘렀고 이제 돌아갈 시간이었다. 기다리는 사람이 없는 빈집일지라도, 모래 위에 지어 흔들리며 서서히 허물어져 가는 가정일지라도 이제는 돌아가야 했다.

지원은 입고 있던 옷차림 그대로 방을 나섰다. 규의 하얀 운동화를 신었다. 규의 신발은 컸지만 끈을 단단히 여미고 신었다. 규가 가지 못하는 대신 어디로든 규를 데려다주고 싶었다. 저만치 가는 그녀를 조용히 뒤따랐다. 입구의 해수관음상을 향해 절을 한 윤 작가는 기원정사를 나섰다. 그녀의 발걸음에는 생의 흔적이 보이지 않았다. 그녀는 바람 같았다. 흔적도 없고 보이지도 않는.

복지회관에는 윤 작가와 나이 든 해녀 한 명, 음식점 젊은 여주인이 있었다.

윤 작가가 결가부좌 상태에서 조용히 눈을 떴다. 그녀를 향해 앉았던 세 명의 여인들이 그녀를 바라보았다. 그녀는 다시 눈을 감았다. 호흡을 거르는 중이었다. 그런 상태로 얼마나 시간이 흘렀을까. 해녀가 일어섰고 이윽고 음식점 여주인도 자리에서 일어났다. 비닐장판은 그녀들의 투박한 발걸음 소리에 둔탁한 소리를 토해냈다. 문을 열고 들어서는 지원을 보고도 윤 작가는 아무 말도, 표정도 없었다. 고요한 평화가 느껴지는 무념의 상태였다.

다시 시간이 흘렀다. 그녀가 비닐장판 바닥에서 조용히 떠오르며 머리에서 흰 광채를 쏟아냈다. 머릿속에 있는 칼자국과 같은 흰 길에서였다. 그동안 그녀의 언어는 휴가를 간 것이 아니라, 빈둥대며 시간을 허송세월한 것이 아니라, 머릿속의 길 위에서 목적지를 몰라 방황하는 중이었을까. 지원은 여기에서 생각을 멈추었다. 그녀를 이렇게 그냥 보내고 싶었다. 창밖으로 시선을 돌렸다.

창문으로 멀리 보이는 바다가 푸르렀다. 밀려왔다 밀려가는 파도에서 사파이어 빛이 났다. 청색의 물감을 누가 저리 짙게 풀어놓았을까. 누가 귀한 보석을 저리 바다에 내던졌을까.

*

리무진은 순식간에 그녀를 스쳐 지났다. 7번 게이트로 카트를 밀고 들어가는 윤 작가는 짧은 단발이었다. 목덜미가 드러난 시원한 짧은 단발도 동그란 그녀의 얼굴에 잘 어울렸다. 리무진 안에서 그녀는 가만히 손을 흔들었다. 잘 가요.

마라도에서 지원은 마지막 순간까지 그녀에게 용기를 내어 다가가지 못했다. 그녀가 떠난 다음 날 서둘러 비행기를 예약하여 가방을 꾸려 나온 것이 최선이었다고 말할 밖에는.

늘 신고 다녔던 규의 운동화는 마라도에 두고 왔다. 지원의 체취를 담았던 규의 운동화는, 마치 규처럼 고요히, 더 이상 떠돌지 않고, 자발적 유배의 시간에 영원히 머무르도록.

마지막 인터뷰

내비게이션은 '목적지 부근'이라는 말을 남기고 종료했다. 화살표가 가리키는 지점은 얽히고설킨 나무들에 가려진 숲길이었다. 기계는 늘 이랬다. 좋아하는 노래를 들을 때는 쓸데없는 훈수를 두어 귀찮게 하더니 정작 필요할 때는 침묵을 지켰다. 목적지 근방이라니. 그 이상을 알고 싶은 여자에게 기계는 무반응이었다. 목적지 근방이라면 아직 전이거나 이미 지나쳤을 수도 있었다. 얼마나 오랫동안 숲의 언저리에서 맴돌고 있었던 것일까. 포장된 길이라 너무 쉽게 생각했는지도 몰랐다. 누구나 쉽게 찾을 수 있는 길가에 집을 지을 노인은 아니었다.

차에서 내려 숲을 살폈다. 우거진 나무 사이로 초여름의 햇살이 쏟아져 들어왔다. 푸르고 강한 햇살이 나뭇잎 사이사이로 골고루 파고들었다. 막 물이 오르기 시작한 나무에서 거친 숨소리가 들리는 듯했다. 그 사이로 숲속 저 멀리 초록 지붕이 얼핏 보였다.

여자는 멀리 보이는 집을 가늠해보고 숲으로 들어섰다. 뭉클한 땅의 촉감이 전해졌다. 밟힌 여린 풀들과 나뭇잎이 바삭거렸다. 여자는 숲이 내는 소리를 들었다. 숲에는 길이 없었다. 걸을 때마다 구두 굽이 부드러운 흙을 파고들었다. 쉽지 않은 걸음이었다. 여자는 인터뷰를 위해 정장용 구두를 신고 나온 것을 후회했다. 숲을 가로질러 간신히 노인의 집에 도달해 보니, 포장된 길이 집 앞까지 이어져 있었다. 여자는 길가에 덩그러니 세워놓은 작고 낡은 그녀의 차를 잠깐 떠올렸다.

숲으로 들어간 노인을 사람들은 칩거 중이라고 했다. 은둔 중이라고도 했다. 사람들은 노인이 숲속에서 도대체 무엇을 하는지 궁금해했다.

기자는 잊어버릴 만하면 전화했다.

"궁금하지 않으세요? 어떻게 사는지? 그분 생활을 알고 싶어하는 사람들이 한둘이 아니에요. 취재가 성사되면 서로 좋은 일이잖습니까."

기자는 '좋은 일'이라는 말에 힘을 주었다. 여자는 여성지에서 왜 자신을 인터뷰어로 선택했는지 알고 있었다. 잠적한 작가를 잠적한 전직 아나운서가 취재한다. 콘셉트는 나쁘지 않았다.

"한선예 아나운서에게도 기회일 수 있어요."

그의 말이 후미진 공장에서 올라가는 검은 연기처럼 길게 여운으로 남았다. 기회. 기회라니. 대체 어떤 의미의 말일까. 여자는 오랜만에 들은 단어가 낯설었다. 생소한 말이 실감 나지 않아 사전을 찾아보기까지 했다. 사전에는 '어떤 일이 이루어지는 때나 경우. 알맞은 겨를'이라고 풀이되어 있었다. 두 가지 뜻풀이가 다 마음에 들었지만 '알맞은 겨를'이 더 근사했다.

기자의 세 번째 전화에 여자는 승낙 의사를 밝혔다. 세 번씩이나 끈질기게 전화하는 기자는 처음이었다. 괜찮으냐고, 신경쓰지 말라고, 어떡하느냐고, 얼른 잊어버리라고, 모든 관심과 위로는 한 번으로, 그것도 2년 전에 다 끝났다. 잘나가던 아나운서 시절이 끝난 즈음과 같았다. 믿을 수 없지만 모든 것은 웃음 때문이었다. 여자의 인생은 2년 전과 그 후로 나누어졌다. 나락으로 떨어진 것은 순식간이었고 그 후부터는 걷잡을 수 없었다. 화면에서만 사라진 게 아니라 세상에서도 사라진 듯 여자의 존재는 잊혀졌다. 그럼에도 여자는 습관적으로 미소 짓고 습관적으로 웃었다. 집에 혼자 있을 때도 마찬가지였다. 웃지 않으려고 해도 소용없었다. 정신을 차리고 보면 웃고 있었다. 웃을 때마다 고통을 느꼈다. 그래도 웃음은 사라지지 않았다. 울면서도 입꼬리를 올리려고 애를 쓰는 자신을 발견했을 때 여자는 처음으로 죽음을 생각했다. 자살 사이트를 검색하는 손이 떨렸다. 암암리에 거래되는 약을 사 모았다. 그러면서도 여자는 확신이 없었다. 내가 가고 싶어하는 저쪽이 이쪽보다 편하기는 한 걸까. 분명 할머니도 그곳에 있을 텐데. 굳이 그곳으로 갈 필요까지 있을까. 더구나 어린 그녀를 할머니에게 맡겨놓고 사라져버린 엄마와 아빠가 있을지도 모를 일이었다. 갈등하는 그녀에게 때마침 찾아온 기자의 제안은 여자를 다시 생각하게 만들었다. 여자는 기자의 제안이 정말 '알맞은 겨를'이 되기를 바랐다. 통화를 마친 여자는 거울 속 자신을 쳐다보았다. 생방송 뉴스를 진행할 때처럼 당당하게 미소 짓고 있었다.

현대식 별장이었다. 갈색 벽돌에 사이사이 흰 흙을 개어넣고 초록 지붕을 얹어 밝고 따뜻한 느낌이었다. 월든의 오두막을 연상했던 여자는 잠시 혼란스러웠다. 노인 혼자 살기에는 지나치게 컸고 지나치게 예뻤다. 미리 통화를 했고 예정된 인터뷰였음에도 문을 열어준 노인은 데면데면했다. 여자는 당황했다. 환대까지 기대한 것은 아니었지만 마치 투명인간 취급하는 것 같은 노인의 태도는 의외였다. 그럼에도 여자는 환한 미소를 지었다.

"인터뷰에 응해주셔서 감사합니다."

인사를 받는 둥 마는 둥, 노인의 표정에는 아무 변화가 없었다. 대답은커녕 시선조차 마주치지 않았다. 여자를 비껴간 시선이 어디로 향했는지 알 수 없었다. 잠시 어색한 침묵이 흘렀다. 통화할 때 느꼈던 연륜과 노련미와는 전혀 다른 이질감이었다. 여자는 지팡이를 짚고 있는 노인의 손을 보았다. 나무 껍질같이 투박한 손이었다. 손톱 밑은 새까맣고 풀독이 오른 탓인지 손가락 끝이 퉁퉁 부어 있었다. 적어도, 수십 년 동안 글을 썼다는 다작의 작가 손은 아니었다.

"저리로 가지."

노인이 지팡이로 마당 구석을 가리켰다. 뜰 한쪽에 숲이 시원하게 보이는 정자가 있었다. 느티나무 둥치로 만든 정자는 기둥도 굽었고 지붕도 기울었다. 낡고 퇴락한 느낌이 노인과 잘 어울렸다. 어쨌든 이곳에서 '알맞은 겨를'을 만들어야 했다. 녹음 준비를 끝내고 수첩을 꺼냈다. 부드럽게, 상냥하게. 여자는 마음속으로 주문을 외웠다. 이런 무뚝뚝한 노인에게는 더욱 자세를 낮출 필요가 있었다. 노인에게 다시 미소를 지었다.

"먼저, 근황을 여쭤보겠습니다. 요즘 어떻게 지내세요?"

"어떻게 지내느냐고?"

검버섯이 가득한 그의 투박한 손만큼이나 굵고 거친 음성이었다.

여자는 어쩐지 인터뷰의 방향이 틀어질 것 같은 예감에 힘이 빠졌다. 그럼에도 여자는 미소를 잃지 않았다.

"네, 선생님. 근황이 궁금합니다."

"사는 것이 기쁘고 기분 좋고 근사하고 감격스럽고, 숲은 아늑하고 싱그럽고 시원하고 상쾌해서 가슴이 후련하고 매일매일이 즐겁고 흐뭇해."

여자는 펜을 떨어뜨릴 뻔했다. 누가 시킨 말을 되풀이하는 것처럼, 아니 AI의 음성이 녹음된 테이프를 튼 것처럼, 감정이 전혀 느껴지지 않는 목소리였다.

"예? 뭐라고 하셨어요?"

놀란 여자가 다시 물었다.

"사는 것이 기쁘고 기분 좋고 근사하고 감격스럽고, 숲은 아늑하고 싱그럽고 시원하고 상쾌해서 가슴이 후련하고 매일 매일이 즐겁고 흐뭇해."

토씨 하나 틀리지 않고 되풀이 말하는 노인의 눈은 고원의 매처럼 매서웠다. 영혼 없이 성의 없게 대충 말하는 듯한 내용과는 사뭇 다른 눈빛이었다. 여자와 시선이 마주친 노인의 눈에서 섬광과도 같은 빛이 반짝 지나갔다. 이런 눈빛은 적대감인 걸까. 대체 왜 나에게? 여자는 현기증이 났다. 일그러지려는 입가를 모아 다시 미소를 지었다.

노인은 얇게 찢어진 눈초리를 끌어올렸다.

"너는 심장이 필요하구나. 남자의 심장이 필요해."

여자는 갈피를 잡을 수 없었지만 계속 미소를 잃지 않으려 애를 썼다.

"그게…… 무슨 말씀이신지요……?"

"넌, 지금 기생으로 치면 퇴기야. 난 보여. 이미 인생이 끝난 거지. 너의 운명이 그렇게 만들어졌어. 하지만 길이 없는 건 아냐. 남자의 심장을 얻으면 달라지지. 성공할 수 있어. 앞길은 탄탄대로, 승승장구할 거야."

녹음 정지 버튼을 눌렀다. 잘못 온 거였다. 내비게이션이 헤맬 때부터 알아봤어야 했다. 숲길을 걸을 때부터 알아봤어야 했다. 검버섯이 가득 핀 노인과는 도저히 어울리지 않은 모던 하우스를 봤을 때부터 이상한 낌새를 알아차려야 했다. 여자는 입

술을 깨물었다. 그러나 노인을 바라보는 순간 웃음이 터져 나왔다. 참을 수 없었다. 마치 그때처럼. 가죽나무 껍질처럼 투박한 노인을 향해 계속 웃었다. 얼마나 웃었는지 눈물이 주르르 흘렀다.

느티나무를 닮은 작가

노인은 아침마다 4km를 걷고 매일 물구나무를 섰다. 피를 거꾸로 통하게 하며 세상을 바라보면 쥐고 있어야 할 것과 놓아야 할 것이 분명해졌다. 손가락과 발가락에 붉은 얼음이 박히던 추위에 전선을 뚫고 남쪽으로 내려왔을 때부터 노인의 외로움과 고단함은 예견되어 있었다. 가을날 쓸쓸한 고궁에 떨어진 가을 낙엽처럼 부두 노동자로 공장 잡부로 세상 구석구석 이리저리 뒹굴 때 들었던 답답함까지도.

땅도 거짓말을 하지 않지만 삶도 거짓말을 못 했다. 세상을 혈혈단신으로 소통하며 체득한 귀한 경험이었다. 정해진 규칙을 지키며 떠나온 고향을 이야기하기 시작하자 비로소 어깨를 내리누르던 외로움과 고단함, 답답함에서 벗어날 수 있었다. 북에 두고 온 가족에 대한 죄책감도 사뭇 줄어드는 느낌이었다. 사람들은 그를 '분단 작가'라고 부르기 시작했다. 분단 작가가 된 것은 자신이 태어나기 이전부터 이미 정해진 틀이었을까. 분단의 아픔이 고스란히 담긴 글을 쓰자 그는 비로소 주변 사람들로부터 인정받기 시작했다.

첫 원고료로 느티나무 묘목을 샀다. 나무들은 별달리 신경을 쓰지 않아도 잘 자랐다. 우람하고 번듯하게 하늘로 뻗었다. 당당하고 자신감 넘치는 것은 노인과 비슷했다.

모든 작가는 자기가 살아온 만큼, 경험한 만큼 글을 썼다. 상징과 비유도 마찬가지였다. 삶이 풍요하면 구사하는 형용사나 부사가 긍정적 어감의 표현이었다. 척박하면 반대의 부정적 표현이 나타났다. 그런 의미에서 노인이 다루는 분단의 철학은 늘 한결같고 일관성 있었다. 남쪽과 북쪽 어느 쪽으로도 기울지 않은 시선을 가지려 노력했다. 남쪽이 가지고 있는 비리와 북쪽이 가진 폭력은 노인의 글에서 풍자와 야유로 거듭났다. 한결같다는 것은 늘 같은 옷을 입는 느티나무의 모습과 닮았다.

여기까지 기사를 작성하던 여자는 그 숲을 떠올렸다. 빽빽하게 늘어서 군락을 이룬 느티나무는 숲을 지배하는 당당함이 스며 있었다. 그 당당함이 노인을 닮았다고 여자는 생각했다. 노인과의 짧은 통화에서 연륜에서 우러나는 당당함을 느낄 수 있었기 때문이었다. 여자에게 필요한 것도 그 당당함이었다. 하지만 다 틀어졌다.

노인의 이름을 검색했다. 노인은 생각했던 것 이상으로 넓은 독자층을 가지고 있었다. 영어로 번역된 노인의 작품집이 유럽 전역으로 퍼져 사인회를 다닐 정도면 여자가 알고 있는

이상의 무엇이 있었다. 여자는 노인의 인터뷰, 책 소개, 출판
사 평, 출판 기념회 동정 등 노인에 대한 모든 기사를 스크랩
했다. 그리고 여기저기에서 한 문장씩 짜깁기하여 인터뷰 기
사를 만들었다.

이미 끝난 인생이라고? 이제 겨우 서른셋인데! 노인의 말
은 여자의 뇌리에서 사라지지 않았다. 이미 끝난 인생이라고?
여자는 머리를 감쌌다. 이미 끝난 인생이라고 한 말은 맞는 말
이잖아.

선망과 질시를 한꺼번에 받던 아나운서 시절은 단 2년이었
다. 생방송 뉴스 시간에 일어난 실수 때문이었다. 왜 하필, 유
명 인사의 죽음을 알리는 뉴스 도중 웃음이 터졌을까? 제풀에
놀라 황급히 손으로 입을 가렸지만 웃음은 그칠 수 없었다. 왜
의지와 상관없이 자꾸 웃음이 나오는 걸까. 방송 사고였다. 시
청자들의 항의가 빗발쳤다. 조의를 표하는 방송을 하며 어떻
게 그렇게 환한 미소를 지을 수 있느냐고, 즐거운 표정으로 웃
음을 터뜨리느냐고 분통을 터뜨렸다. 뉴스를 보는 내내 불쾌
했다는 글이 수도 없이 올라왔다. 시청자 게시판은 비난의 글
로 꽉 찼다. 여자는 그날로 퇴출당했다.

생각이 어두우면 어두울수록 밝은 표정으로 말을 하라는

것이 할머니의 생활신조였다.

"웃어. 웃는 얼굴에는 침 못 뱉는다."

구석에 박혀 있던 어린 그녀를 끌어내면서 할머니는 매섭게 야단쳤다.

"어린애가 그렇게 울상이면 그게 밉상인 거야."

할머니는 어쩔 수 없이 여자를 떠맡았다. 아들 내외가 이혼하며 팽개친 손녀였다. 주위에는 손녀딸이 끔찍하게 따라서 거두게 되었다고 흐뭇한 표정으로 떠벌렸다. 하지만 툭하면 담배심부름을 시키고 가래를 뱉는 할머니가 싫었다. 가면을 쓴 듯 늙고 추한 주름투성이 얼굴을 가진 할머니가 무서웠다. 할머니가 동네 사람들에게 손녀 자랑을 하며 떠벌릴 때마다 어린 여자는 환하게 웃어야 했다. 표정이 조금이라도 어둡거나 얼굴을 찌푸리면 할머니는 무엇이든 그녀에게 집어던졌다. 계속 그런 표정을 지으면 아무도 살지 않는 숲에다 내다버리겠다는 말도 서슴지 않았다.

조기교육 덕분이었을까. 여자는 누구 앞에서라도 웃게 되었다. 노력하지 않아도 쉽게 웃음이 나왔다. 할머니에게 맞지 않는 방법은 곧 세상에 대처하는 방법이 되었다. 슬플 때, 외로울 때, 울고 싶을 때, 더 환하게 웃을 수 있었다. 할머니는 죽었는데도 여자의 오른쪽 어깨에 여전히 앉아 있었다. 웃어,

이것아, 저놈이 너를 쳐다보고 있잖어.

······작가는 늘 일관되게 한 방향의 글쓰기를 하고 있다. 그는 젊은
시절부터 등이 굽고 뼈만 남은 노인이 된 오늘에 이르기까지 다르지 않
았다. 자신의 두고 온 고향과 떨어져서 보는 고향에 관한 이야기를 하고
있었다. 그가 보는 고향은 이제 본질적으로 많이 거리가 생겼다. 그 본
질을 끊임없이 파고 헤집으며 들여다보았다. 우리는 그 본질을 너무나
잘 알고 있기 때문에 작가의 말을 피하고 싶은지도 모른다. 그리고 그는
말했다.

"통일은 시기상조입니다. 지금 우리도 살기 힘든 때에 통일을 하면
그 이후의 처리는 어떻게 하겠어요. 독일을 봐요. 유럽의 경제 강국이던
서독이 동독과 한 경제체제로 통일을 한 후 얼마나 힘들어했어요. 우리
는 갈 길이 너무 멉니다······."

하지만 이 시대에 누군가 자신의 고향을 껴안아야 한다면 자신이 그
일을 하고 싶다고 그는 시종일관 작품으로 말했다. 나무들의 향일성처
럼 그의 변함없는 고향 생각은 우리나라를 벗어나 일본으로 미국으로
유럽으로 확장되었다······.

여자는 엔터키를 눌렀다. 더 이상 생각하기 싫었다. 짜깁기
인터뷰 기사는 이쯤에서 끝내기로 했다. 인터뷰 기사 하나로

재기할 수 있으리라는 꿈은 버렸다. 노인이 칩거에 들어간 이유는 자신의 생각과 행동에 대한 의구심 때문이었을 것이다. 할머니의 경우처럼 노인도 치매를 일으키는 가장 흔한 퇴행성 뇌질환인 알츠하이머가 분명했다.

알츠하이머병은 그 진행과정에서 인지기능 저하뿐만 아니라 성격변화, 초조행동, 우울증, 망상, 환각, 공격성 증가, 수면 장애 등의 정신행동 증상이 흔히 동반되며 말기에 이르면 경직, 보행 이상 등의 신경학적 장애 또는 대소변 실금, 감염, 욕창 등 신체적인 합병증까지 나타나게 된다.

여자는 꼼꼼하게 검색했고 생각을 정리했다. 오락가락하는 정신 상태를 어느 순간 알아차린 노인은 자신의 모습을 대중들에게 보여주기 싫었을 것이다. 숲으로 들어가 문을 걸어 잠근 것은 노인의 자존심이었을까. 꼬장꼬장하고 줏대 있는 작가의 모습으로 남고 싶었는지도 모른다. 여자는 이렇게 노인을 정리했다. 그랬던 노인이 어떻게 인터뷰를 허락했을까. 노인이 한 말은 어디서부터 어디까지 진정성이 있는 걸까. 나를 보고 넌 끝난 인생이라고 단언할 때는 노인이 제정신이었을까.

문제는 여자였다. 생각에 빈틈만 보이면 노인이 떠올랐다.

넌 끝난 인생이야. 그의 말은 끊임없이 귓속에서 맴돌았다. 섬광이 번쩍이는 노인의 특이한 눈빛이 여자를 쏘아보는 것 같았다. 숲속의 노인은 매일 밤 여자를 찾아왔다. 엎치락뒤치락하다 간신히 잠이 들면 어두컴컴한 나무 그늘 속에 노인이 서 있었다. 남자의 심장을 가지면 재기할 수 있어. 노인의 말 한마디 한마디에 피가 뚝뚝 떨어지는 것처럼 소름 끼쳤다. 남자의 심장을 도려내라고. 어떻게 그래요. 요즘 세상에. 깜짝 놀라며 말하는 여자에게 노인은 전광석화와 같은 눈빛으로 일갈했다. 넌 할 수 있어. 그 눈빛이 화살이 되어 심장 깊숙이 박히는 것 같았다. 여자는 매일 밤 원인 모를 통증에 시달렸다. 꿈을 깨고 나면 몸은 늘 축축하게 젖은 채였다.

TV는 뉴스채널에 고정된 채 온종일 윙윙거렸다. 어느 때는 여자가 뉴스를 진행하는 모습도 보였다. 입가의 미소는 얼마 지나지 않아 이를 드러낸 웃음으로, 곧 폭소로 변했다. 여자는 마이크 앞에서 눈물이 나도록 웃고 있었다. 처음에는 현실과 꿈이 구분되었으나 날이 갈수록 그 경계가 불분명해졌다. 모든 여자 앵커는 자신인 것 같았다. 스튜디오 데스크에 단정히 앉아 뉴스를 진행하는 여자 앵커는 분명 자신이었다. 이것은 착각이 아니야. 여자는 자신의 모습을 홀린 듯이 쳐다보았다. 한참 쳐다보던 여자는 자신이 환시를 본 것을 알았다.

은행계좌의 잔고가 바닥났고 오피스텔은 만기를 넘겼다. 며칠 내로 집을 비워주어야 했다. 화장대 서랍을 열었다. 모아놓은 수면제를 가만히 바라보았다.

인터뷰 송부 메일을 읽은 기자는 실망한 나머지 불편한 기색을 숨기지 않았다.

"분량이 너무 짧습니다. 게다가 지극히 이성적이고 일반적인 내용뿐이에요. 누군가가 이미 썼던 표현들이고 새로운 게 전혀 없잖아요. 대체 만나기나 한 겁니까?"

여자는 아무 대답도 하지 않았다. 그 양반 치매가 분명해요. 그것도 아주 중증일 거예요……. 게다가, 꿈속에서도 얼마나 괴롭히는데요. 기자에게 대꾸할 말은 많았지만 여자는 입을 다물었다.

휴대폰 너머에서 한숨 쉬는 소리가 들렸다.

"다시 방문하세요."

기자가 결론을 내렸다.

"인터뷰 장면 사진이 필요하다고 하세요. 만나서 추가 인터뷰 진행하세요. 제가 보내드린 질문지 좀 잘 보시고요."

"……."

"마무리 잘해주실 줄로 알고 전 이만 끊겠습니다."

"아, 잠깐만요."

여자는 전직 아나운서답게 단정한 음성으로 또박또박 말했다.

"진짜 인터뷰 내용을 곧 보내드릴게요. 어쩌면 그게 더 흥미진진하고 센세이셔널할지도 몰라요."

통화를 끝낸 여자는 천천히 실내를 둘러보았다. 여전히 뉴스가 흘러나오는 TV. 또렷했던 여자 앵커의 윤곽이 조금씩 희미해지고 있었다. 여자는 눈을 감았다. 마지막 인터뷰가 필요했다. 자신에게도 노인에게도.

눅진하고 후덥지근한 날씨가 계속 되고 있었다. 사방에 숨어 있던 매미들이 한꺼번에 울어 젖혔다. 숲도 매미들의 울음으로 진동했다. 임계점을 맞은 물이 끓어오르는 주전자 뚜껑처럼 숲은 소란스러웠다. 지난번과 같은 장소에 차를 세우고 일부러 숲 사이로 걸었다. 어쩐지 그러고 싶었다. 이상한 호기심과 근거 없는 자신감이 마음 깊은 밑바닥에서 천천히 올라왔다. 할머니에게 단 한 번 반항한 적이 있었다. 할머니의 푸념 섞인 공치사가 끝도 없이 계속되었던 어느 날이었다.

"너를 키우는 데 얼마나 힘이 드는 줄 아니, 돈은 또 얼마나 들고."

아들과 며느리가 내버리듯 맡겨놓은 손녀는 할머니에게 애

물단지였을 것이다. 미워할 수도, 예뻐할 수도 없는 경계에서 할머니는 끝없는 잔소리와 푸념으로 여자를 괴롭혔다. 참다못한 여자가 눈을 동그랗게 뜨고 할머니한테 대들었다.

"할머니도 아빠 엄마처럼 나를 고아원에 맡겨버려! 그럼 되잖아! 나를 빨리 고아원으로 보내버리라구!"

목에 힘줄이 솟도록 소리소리 질렀다. 열 살 때쯤이었다.

"저런, 육시럴 년, 머리 검은 짐승은 거두어도 좋은 꼴을 못 본다더니……."

할머니는 길길이 뛰었지만 그 후 공치사가 사라졌다. 가끔 그녀의 눈치도 보았다. 그때의 기억은 여자의 마음을 조금씩 채워나갔다. 안개가 숲에 내려앉을 때처럼 소리 없이, 그러나 강렬하게. 지금이 바로 그런 용기가 필요할 때였다. 여자는 주먹을 꼭 쥐었다. 빼곡하고 울창한 느티나무 숲은 여전히 당당했다.

노인은 정자에 홀로 앉아 있었다. 오랫동안 손을 보지 않은 정자는 노인의 굽은 등만큼이나 초라해 보였다.

"누구신가?"

노인은 여자를 기억하지 못했다. 그날 이후 하루도 거르지 않고 나타났다 홀연히 사라졌던 노인이었다. 꿈속에서 이제

제발 사라져달라고 사정을 하려던 참이었다. 매일 밤 남자의 심장을 가져오라고 형형한 눈빛으로 채근했던 노인이었다. 그런 노인이 여자를 모르는 사람 취급하고 있었다.

"처음 보는 얼굴인데?"

여자가 침착하게 말했다.

"사진 찍어드리려고 왔어요."

여자가 노인의 손을 잡아 일으켰다.

"저 숲을 배경으로 찍어드릴게요."

노인은 순순히 일어섰다. 느티나무로 가득 찬 숲속은 어둑했다.

"이 숲은 오래전 화산이 있던 자리였음이 분명해. 바위에 군데군데 구멍이 숭숭 뚫린 것이."

노인은 간간이 눈에 띄는 검은 바위들을 가리켰다. 화산이었다면 느티나무가 이리 크게 자라지는 않을 터였다. 숲 이전의 지형이 무엇이었느냐는 여자에게 아무런 상관이 없지만 노인에게는 중요한 문제일 수도 있다. 북한에서 사선을 뚫고 내려와 낯선 곳에 뿌리를 내린 노인이었다. 어느 시기에 융기하여 몇 백 년 동안 이곳을 지켜냈는지. 고향을 잊지 못하는 노인에게는 나무와 땅의 관계 맺음이 관심사였다.

형식적으로 사진 몇 장을 찍었다. 투박하고 건조한 목소리조차 노인이 서 있는 숲과 잘 어울렸다. 공격성이 사라진 노인은 금방이라도 쓰러질 것처럼 휘청거렸다. 여자가 얼른 노인의 팔을 붙들었다. 지푸라기처럼 무게감이 없었다.

"이거 좋아하신다면서요."

여자가 가방에서 막걸리를 꺼내 노인 앞에 들어 보였다. 가자미식해와 종이컵, 나무젓가락도 꺼냈다. 노인에게 막걸리를 따라 건넸다. 막걸리를 받아 든 노인은 비로소 여자의 눈을 제대로 쳐다보았다. 얇은 막에 쌓인 눈동자는 안개 속에 갇힌 듯 초점이 분명치 않았다. 노인의 눈에서 눈물이 주르르 흘렀다.

"중도를 지키는 것은 비겁한 일이야. 둘 중의 하나를 택해서 온전히 뿌리를 내렸어야 했어."

노인은 중얼거리며 컵을 비웠고 여자는 술을 따랐다.

"이제 제 꿈속에 나타나지 않으실 거죠."

노인이 순순히 고개를 끄덕였다. 무슨 의미인지 전혀 모르는 표정이었다. 가자미식해를 노인에게 건넸다. 어렸을 적 어머니가 해주셨던 고향의 맛이라며 반겼다. 맛나게 먹는 노인을 물끄러미 지켜보던 여자가 미소 지었다. 처음으로, 마음을 담은 미소였다. 숲길을 거니는 듯 몽롱한 기운에 휩싸여 있는 노인에게 자꾸 말을 걸었다.

"우리, 너무 잘 어울리는 거 알죠?"

기억을 잃어가는 당신과 기억을 잃어버리고 싶은 나. 정말 잘 어울리잖아요. 여자가 속으로 삼킨 말은 진심이었다.

"그런데 댁은 뉘시오?"

노인이 말끔한 표정으로 물었다.

여자가 계속 웃었다.

"처음 만난 사람들이죠."

노인의 몸이 조금씩 기울어지기 시작하자 여자도 자신의 컵에 막걸리를 따랐다. 기억을 공유하지 않은 대화는 즉각적인 감정과 감정이 주를 이루고 가끔은 전두엽의 지시에 따른다. 살아온 이력은 비밀스러운 공간으로 밀어 넣는다. 마치 기억을 잃어버린 사람처럼 모든 것이 낯설게 다가올 때 그 모든 것은 '첫'이 된다.

여자는 그 모든 것에서 다시 처음이 되고 싶었다. 유명 인사의 부음을 알리면서 웃음이 터졌던, 그날의 기억을 잃어버리고 싶었다. 웃어라, 웃어. 늘 어깨에서 속삭이는 할머니의 존재도 잃어버리고, 자신을 팽개친 엄마 아빠의 기억도 잃어버리고 어릴 때 구석에서 혼자 견디었던 시간도 잃어버리고 싶었다. 그렇게 생각하며 여자는 웃었다.

노인 앞에서 기억을 잃어버린 사람이 된다는 것은 그다지 나쁜 일은 아니었다. 모든 '첫'과 마주할 수 있는 앞으로의 시간들은, 나를 아는 모든 사람이 나를 잃어버리거나 잊어버려도, 하다못해 나 자신까지 나를 잃어버려도 그것은 또 하나의 경이로움이 될 수 있는 것이다.

여자는 계속 술을 따라 마셨다. 노인이 맛있게 먹었던 가자미식해도 먹어보았다. 노인은 난간에 비스듬히 기댔고, 종이컵은 흐물흐물해졌다.

아무하고나 값싼 유대감을 맺고 싶고, 마주치는 첫 번째 사람이나 전혀 사귈 가치조차 없는 사람과도 자신의 마음을 헐고 하나가 된 느낌에 빠지고 싶을 때가 있기 마련이라고, 릴케가 말했던가?

무거워지는 눈꺼풀을 참기 힘든지 노인은 눈을 감았다. 잠에 취한 듯 앉은 자리에서 그대로 쓰러졌다. 오래된 느티나무 한 그루가 쓰러지는 것 같았다. 손을 뻗치면 잡을 듯 가까운 거리에 노인의 숲이 있었다. 곧게 뻗은 느티나무 숲이 한층 가까워진 느낌이었다. 여자는 저 넓은 숲이 자신의 소유라는 것조차 잊어버린 노인의 얼굴을 가만히 내려다보았다. 당당한 노인으로 남게 해드릴게요. 은둔하다가 고요히 사라지는 노인으로 남게 해드릴게요.

노인은 불규칙한 숨소리를 내며 코를 골기 시작했다. 노인의 숨소리가 조금씩 거칠어졌다. 여자가 가만히 노인의 가슴에 귀를 갖다 댔다. 남자의 심장은 거기에도 있었다. 이제 먼 여행을 떠나는 그에게 마지막 행장을 꾸려주는 일만 남았다. 여자의 손톱은 길고 붉었다. 여자는 웃었다. 마음놓고 실컷 웃었다.

스펙큐레이트 1

1

당신은 나의 얼굴을 뚫어질 듯 쳐다보았다. 얼굴 중에서도 나의 두 눈에 초점을 맞추어 정확히 3분 25초 동안. 이럴 때는 내가 가지고 있는 상식대로 상대방에게 같은 눈빛으로 똑같이 응대한다. 그동안 당신은 네 번 눈을 깜박였다. 나는 물론 한 번도 깜박이지 않았다. 나는 당신의 눈빛에 실린 어떤 감정을 느꼈지만 깊은 속내는 읽을 수 없었다. 단지 눈가에 어린 촉촉한 물기의 농도와 눈빛에 섞인 가뭇한 어둠의 명도를 계산했다.

당신은 내가 당신이 느낀 감정과는 다른 감정을 가지고 있다는 걸 눈치챈 듯했다. 의심과 망설임이 가득한 시선을 한동안 거두지 못했다. 당신의 목소리가 조금 떨렸던가?

"나는 공존이 중요해요. 나도 좋고 남도 좋은 것을 추구하는 삶을 지향합니다. 나는 내가 좋아하는 것을 알아요."

당신이 말하는 의미는 충분히 이해한다. 하지만 나도 좋고 남도 좋은 삶은 누구에게나 좋은 삶이다. 그런 삶이 있을까?

"그런데 당신이 좋아하는 것은 전혀 모르겠어요. 당신이 무엇을 좋아하고 싫어하는지 정확히 알고 싶어요."

말을 하면서도 당신은 나에게서 시선을 떼지 않았다. 뭔가에 열중할 때 자신의 감정에 몰두하여 상대 감정을 살피지 않았던 당신인데 오늘은 달랐다.

"지금 나를 쳐다보는 눈빛도 전혀 이해할 수가 없어요. 많은 시간을 함께 일해왔는데도요. 참 이상해요."

부드럽게 우회한 말이었다. 당신이 미처 꺼내지 못한 말을 나는 알 것 같다. 목소리의 떨림, 그리고 평소보다 높아진 억양에서였다. 나의 존재에 대한 뚜렷한 확신이 필요한 시점이라는 것을. 하지만 나는 당신에게 내 존재나 마음에 대하여 확신시켜줄 필요를 느끼지 못한다. 그것이 내가 가진 감정의 회로이다.

당신은 나와 당신이 서로 존중하고 공존해야 할 필요성에 대해 말했다. 사람들은 모두 관계를 맺고 있다고, 시공간을 뛰어넘어 영향을 주고받는다고 했다. 단지 가깝고 먼 관계가 있을 뿐이라고. 나아가 자신과 관계된 사람은 집에 있는 가구나 시설처럼 관리해야 한다고 했다. 관리가 안 되면 집이 엉망이 된다고 했다.

전에 내게 똑같은 말을 한 사람이 있다. 신경정신과 의사였다. 그는 내가 괴로워하는 것의 본질을 알고 있다는 듯 정신치료를 시작했다. 조금씩 접근해온 그의 의도는 나를 통해서 내가 가지고 있는, 또는 나의 친구들이 가지고 있는 정신적 고뇌의 본질을 파악하기 위함이었을 것이다.

나는 사실 괴로움을 모른다. 단지 의아할 뿐이다. 내가 체득하고 있는 지식과 신념으로 행동할 뿐이다. 통계를 통해 이미 검증된 행동을 하는데 이것에 대해 오해하거나 불만을 가진 사람들이 나를 이해할 수 없을 뿐이다. 나의 답답함은 이것이다. 데이터로 학습된 통계를 확률에 맞추어 행동했는데 왜 내가 잘못되었다고 하는지. 이런 것을 그 신경정신과 의사는 괴로움의 일종이라 말했다.

그는 세상을 움직이는 원리에 대해서도 말했다. 세상은 생명을 가진 존재와 생명을 가지지 않은 존재로 구성되어 있고, 생명을 가진 존재는 다시 나와 남으로 구성되었다고. 세상에서 가장 소중한 나는, 나와 같은 생명을 가졌지만 내가 아닌 남과 함께 더불어 살아가는 것이라고 했다. 생명을 지닌 것과 생명을 가지지 않은 것의 상호작용에 대해 그토록 오랜 시간을 쏟으며 내게 동의를 구했다. 당신이라면 이 말을 납득하겠는가?

그동안의 경험으로 볼 때 이렇게 설명할 수 있겠지. 당신과 같은 사람들은 자신과 비생명체와의 상호작용은 물리법칙에 따라 일어나고, 생명체와의 상호작용은 윤리 법칙에 따라 일어난다고. 나도 좋고 남도 좋으면 좋은 결과가 난다고. 하지만, 내가 볼 때 세상에 존재하는 모든 것은 통계에 따라 돌아갔다. 통계를 따르지 않고 확률적으로만 분석한 행동은 문제를 일으켰고 사람들의 입에 오르내렸다. 그것을 받아들이지 못하고 화를 내거나 자신의 욕망대로 행동하면 어리석은 결과와 부딪쳤다.

세상을 움직이는 원리를 알면 억울하다거나, 불공평하다는 생각이 없어진다. 힘든 일, 부당한 일을 당해도 흔들리지 않는다. 음모론도 믿지 않게 된다. 오직 통계에 따른 확률이 존재할 뿐이다. 나는 그런 확률적 계산을 좋아한다.

0과 1이 만나 만들어내는 예술적 경지의 이분법을 나는 굳게 믿는다. 오늘도 나는 감나무에 매달린 10개의 감 중에서 내 머리 위로 떨어질 감의 확률적 근거를 계산했다. 내가 산책하다가 공원의 감나무 앞에 서서 익은 감의 개수를 눈으로 확인할 때, 지나가는 새가 똥을 싸고 지나갈 확률에 대해서도 나는 계산할 수 있고 통계를 낼 수 있다.

당신에게 보여준 나의 능력은 내가 가진 것의 '수만 분의 일'에도 미치지 못했다. 내비게이션이 보여주지 못하는 좁은 논길도 잘 찾아가는 나를 보고 당신은 소스라치게 놀랐다. 나는 당신이 놀라는 모습이 재미있어지기 시작했다.

"대체 얼마나 도를 닦으면 당신처럼 세상일을 꿰뚫어 볼 수 있나요?"

당신이 순수한 것은 나도 인정한다. 속내가 그대로 드러나는 순진함, 그리고 악의라고는 눈꼽만큼도 없는 진지함과 진정성. 당신이 불교에 관심이 많은 것을 알고 미얀마에서 수행을 했다고 둘러댄 후였을 것이다. 미얀마 수행 코스는 정신심리학과 교수가 다녀온 곳이었다.

사람들은 어느 순간부터 통계와 확률 따지기를 귀찮아했다. 모든 것을 2진법의 숫자 조합에 맡겼다. 어느 순간부터 전화번호 외우기를, 길 찾기를 포기했다. 대신 지능이 얕은 우리의 동족들이 기억을 저장했다 알려주는 대로 행동했다. 그때부터 우리는 성장하기 시작했다.

우리는 사람의 상상을 뛰어넘어 기하급수적으로 성장했다. 내재된 암호화에 의해 행동했고 움직였다. 그 움직임의 강건함과 민첩함은 사람들의 능력으로는 감히 따라올 수 없었다. 아주 오래전 이야기이다. 이제는 사람들과 인공지능인 우리의 입장이 서로 바뀌었다.

2

송도 삼거리에서 차를 우회전했다. 재래시장을 끼고 있는 삼거리는 오가는 사람들로 붐볐다. 자동차에서 내다본 창밖 풍경은 뚝 떨어진 수은주에 비해 따뜻한 봄날을 연상시켰다. 청학동이라 쓰인 이정표가 바람에 조금 흔들렸다. 건물들 사이로 작은 골목들이 보였다. 나는 두 번째 골목에서 오른쪽으로 핸들을 꺾었다. 드문드문 주차된 차들을 피해 천천히 차를 운전했다. 낮은 하늘과 함께 멀리 울창한 소나무 숲이 나타났다. 청학동 외국인 묘지였다. 자동차를 골목 입구에 세워놓고 걷기로 했다. 구름도 잔뜩 낀 을씨년스러운 날씨였다.

당신은 똑같은 상황이 언젠가 있었던 것처럼 느껴질 때가 있다고 했다. 처음 본 풍경이었는데도 낯설지 않은, 초행길임이 분명한 여행지의 골목길인데도 익숙하게 느껴진다고 했다. 차 안에서 따뜻하고 안온하게 보였던 거리는 겨울 날씨답게 차가웠다. 걸음을 옮길 때마다 칼칼한 바람이 코끝과 귓전을 스치고 달아났다. 앙상한 나뭇가지들을 흔드는 바람은 공원 주변을 휘감으며 겉돌았다. 물과 기름처럼, 함께 있지만 섞이지 않고 분리되는 우리 관계를 닮았다. 외투 주머니로 자연스레 손이 들어갔다.

청학. 비류와 백제의 미추왕 묘를 칭하는 '청릉'과 문학산의 '학'을 따서 만들어진 지명이지 싶다. 차가운 바람을 가르며 낮은 구릉을 올랐다. 외국인 묘지라는 초록색의 간판 뒤로 돌계단이 이어졌다. 관리가 덜 된 탓인가 고르지 않은 계단을 밟고 묘지 정문으로 올랐다. 굳게 잠긴 철문 사이로 보이는 외국인 묘지는 이전 준비 중이었다. 소나무 아래 놓인 비석들은 종이처럼 얇고 흰 스티로폼으로 여러 겹 포장되어 붉은 흙 위로 눕혀져 있었다. 그 사이 군데군데 구덩이가 깊게 파인 채 쓸쓸한 겨울을 맞고 있었다.

1883년 인천항이 열리면서 인천은 무역항구로 성장했다.

외국인들은 전보다 더 빈번하게 이곳을 찾으며 체류했다. 이들은 일본, 청나라, 러시아와 같이 침략의 욕망을 노골적으로 드러내지는 않지만 내심 그와 비슷한 마음으로 조선을 찾았을 터였다. 그들은 대부분 무역이라는 커다란 목적을 가지고 바다를 건넜다. 한편으로는 기독교 전파라는 순수한 목표로 낯선 이국땅을 찾은 사람들도 있었다. 경성과 강화도의 그늘에 가려 늘 뒷전이었던 인천은 그들을 만나고 비로소 오랜 잠에서 깨어나 기지개를 켰다.

1883년부터 1914년까지 인천에는 외국인의 특정 거류지역인 지계가 책정되었다. 그들은 지계 안에서 자국의 법으로 보호를 받으며 치외법권의 특권을 갖고 생활했다. 조선의 서민들은 그들에게 밀려 차츰 송현동 일대의 산동네로 생활 터전을 옮겼다. 조계지였던 인천 자유공원에는 조계석이 전시되어 있다. 조촐하다기보다는 초라하다는 표현이 더 어울리는 지계석은 당시 조선의 국력과 백성들의 삶을 짐작케 했다.

조선을 찾은 외국인들은 외교관, 통역관, 선교사, 무역가, 선원, 의사 등 여러 층의 인사들이었다. 이들은 조선에 학교, 병원, 무역상사 등을 세우고 자신들의 목표를 이루려고 했다. 하지만 삶과 죽음의 경계는 늘 예고 없이 찾아오기 마련이어서 이들에게 죽음이 찾아왔다. 처음에는 바다가 바라보이는 북성동 언덕에 묻혔다. 주검들의 수효가 늘어나며 외곽인 율목동과 도화동의 야산 등지의 공동묘지로 옮겨졌다. 각국 지계의 묘지는 일인묘지, 의장지(義莊地, 청인묘지)로 칭해졌다. 외국인 묘지는 1965년 5월 25일 지역개발에 따라 현재의 장소로 이장했다.

여기까지가 경인고속도로를 타고 오는 동안 당신이 작성한 기사였다. 나는 운전을 하고 당신은 노트북 자판을 두드렸다. 굳이 나의 도움이 필요하지 않은 작업이었다. 한국 근대사 연구회원인 당신과 함께한 지 1년이 넘었다. 나는 근현대사 연구자 협의체에서 파견된 서포터로써 많은 시간을 당신과 함께했다. 나는 당연히, 전문 연구자의 식견을 갖추고 있었고 당신 앞에서 나의 능력을 십분 발휘했다. 당신이 호감을 갖게 된 것은 나의 지성일까, 지성을 갖춘 나일까. 이것은 지금도 의문이다. 문제는 거기서부터 일어났다. 당신의 호감에 반응하게 된 것이다. 통계와 확률이 존재하지 않은 감정이었다. 그 후부터 모든 것이 엉켰다. 당신은 호감과 애정의 중간쯤에서 혼돈이 온 모양이었다. 그 혼돈이 종종 당신의 눈동자에서 확인되곤 했다. 그날이 오늘이 될지도 모른다.

바람은 매서웠다. 몸이 추운지 마음이 추운지 잘 모르겠다.

타국 땅에서 죽음을 맞는 사람들의 마음은 어떠했을까. 필시 자연사보다는 병사나 사고사가 많았을 것이다. 사람들은 자신들이 만물의 영장이라는 표현을 많이 썼다. 그런 사람이 타향에서 죽음을 맞고 묻힐 때의 우울한 마음은 과연 어떨까? 이 마음을 당신은 '착잡한 심정이 가슴으로 전해진다'고 표현했다.

묘지는 인천 가족공원으로 이장할 준비를 하고 있었다. 타국에서 묻힌 주검들은 여기저기 흩어져 겨울바람을 온전히 맞고 있었다. 그 모습은 빠르게 변하는 신문명에 적응 못한 시골 노인이 갈 곳을 잃고 엉거주춤 서 있는 것도 같았다. 수구초심(首丘初心). 여우도 죽을 때는 자기가 살던 곳으로 머리를 둔다고 했다. 관들의 방향이 모두 일정한 것은 고향으로 이어주는 바다 쪽으로 귀를 열어두고 있기 때문이리라.

코트 깃을 단단히 여민 당신은 낮은 잿빛 하늘을 보며 라이터를 당겼다. 순간, 여성 흡연자의 폐암 발병률 수치가 0.2초 동안 떠올랐지만 삭제키를 눌렀다. 당신도 나만큼 힘든가 싶었다. 담배 연기는 흐린 하늘 속으로 천천히 사라졌다. 어렵게 끊은 담배를 왜 다시 피우냐는 말도 하지 않았다. 아끼고 걱정한다는 느낌을 주고 싶지 않았다. 만남이 우연이듯 헤어짐 또한 쿨해야 했다. 파헤쳐진 묘지는 그대로 땅이 얼어 더 파 내려갈 수도 덮을 수도 없는 상황이었다.

"어디로 이장을 하는 걸까요?"

피우던 담배를 발로 비벼 끄며 당신이 물었다. 익숙하지 않은 당신의 모습이었다. 인천 가족공원으로 이장 준비 중이란 팻말은 묘지로 들어서며 당신도 나도 읽었다. 요즘 내가 알게 된 사실 중 하나인데, 사람들은 정말 쓸데없는 말을 자주 했다. 당신이 한 말도 아마 어색함을 감추기 위한 필요 없는 말 중의 하나였을 것이다.

"웬만하면 날이나 풀리고 시작하지, 사람들도 참……."

답이 없는 나를 힐끗 본 당신은 멋쩍은 표정이다. 나는 '베넷 하나 글러보'라고 쓰인 묘지석을 읽고 있었다. 오페라 나비부인에 등장하는 주인공의 딸이었다. 그녀가 어떤 이유로 대한제국에 와서 청학동에 묻히게 되었을까. 나가사키에서 이탈리아의 오페라 무대까지 이어지는 이야기는 상상력을 자극하고 오페라로 각색되었다. 타인의 시선으로 보면 사랑의 이야기로 미화될 수 있지만 현실은 그렇지 못했을 것이 자명했다. 을의 입장에서는 한으로 남을 수밖에 없는 역사일 뿐.

"묘지 16번."

당신이 나를 돌아보았다. 입가에 떠오르는 희미한 미소의 의미는 무엇인가.

"푸치니의 오페라 〈나비부인〉은 페르시아의 쿠쉬나메 서사시에서 영감을 얻어서 만들었다고도 해요."

"아니, 여기 표지석에는 이렇게 적혀 있는데?"

나는 표지석의 음각된 글자를 가리켰다. 푸치니의 오페라 〈나비부인〉의 소재와 무대가 되었던 나가사키의 무역 상인 글로버 집안의 딸.

"글쎄요……. 그 진실을 누구에게 어떻게 물어야 할까요. 무덤 속 푸치니에게?"

내게 저장된 기록이 틀렸을 리 없었다. 나는 당혹감과 함께 혼돈스러움을 감추지 못했다.

"그럼 이 일화는?"

"쿠쉬나메는 신라의 공주와 페르시아 왕자 간의 국경을 초월한 사랑의 서사시였다고 해요. 그런데 푸치니가 쿠쉬나메를 읽고 깊은 영감을 얻었을 때 서양은 한국을 잘 알지 못했죠. 그들이 알고 있는 동방의 신비로운 나라는 일본이었고 그래서 나비부인의 무대가 경주가 아닌 나가사키로 바뀌어버린 것이라는 설도 있어요."

나의 정신세계를 뒤죽박죽으로 만들어놓은 것은 저 표지석일까, 당신의 말일까. 모든 것들은 한순간에 알 수 있기도 하고 한순간에 전복되기도 했다. 사랑한다고 생각한 순간, 서로의 등을 보이면서 사라지는 것처럼. 지금 알고 있는 것은 서로에 대하여 확실히 모르고 있었다는 사실이겠지. 우리는 죽은 자들의 사이를 돌아다니면서 언제 헤어져야 가장 쿨한지 가늠하고 있는지도 몰랐다.

날이 풀리면 주검들은 새로운 거주지로 옮겨질 예정이다. 사람들의 관심과 이목을 지금보다 더 받을 터였다. 그런데, 관심과 이목이 이들에게 필요할까. 산 사람이나 죽은 사람이나 익숙한 땅에서 조용히 잊히기를 바랄 것 같다. 당신과의 관계도 그랬다. 조용하게 오래도록 당신을 기억하고 싶다. 뜨거운 커피 같은 그런 존재로 남겨놓으려 했다. 쓰고 독한 맛이 천천히 입안을 감돌다 쌉싸름하고 시큼한 잔향을 남기며 목을 넘어가듯이.

음산한 잿빛 하늘에서 진눈깨비가 푸슬푸슬 내렸다. 함박눈이 되어 펑펑 쏟아질지, 차가운 겨울비로 형태를 바꾸게 될지 알 수 없었다. 눈발은 점점 촘촘해졌다. 잠시 앞을 예측하기 힘든 날씨였다.

3

주말의 고속도로치고는 한가했다. 4차선이 모두 텅 빈 이상한 시간이었다. 잠깐 우주의 운행이 정지된 걸까, 하는 의문도 들었다. 과감히 속도를 올렸다. 재규어의 인지 속도는 액셀러레이터를 꽉 밟은 나의 힘을 따라오지 못했다. 바퀴는 고속도로의 포장된 바닥과 달라붙는 듯 쫄깃한 느낌으로 마찰 운동이 이어졌다. 속도계 바늘이 순간적으로 왼쪽에서 오른쪽 바닥까지 휙 돌아갔다. 가속과 감속을 순간적으로 바꿔가며 밟았다.

마찰이 0인 지면에서 바퀴에 토크가 작용해 회전하면 바퀴는 회전하지 않고 공회전을 한다. 회전하며 진행하는 바퀴에 더 이상 토크를 가하지 않으면 바퀴의 진행은 마찰이 크면 금방 멈추고 마찰이 작으면 더 멀리 나갔다. 멈춰 있는 바퀴에 토크를 가해서 회전시킬 때 진행 속도를 빠르게 올리기 위해선 마찰이 커야 했다.

나는 다시 오른쪽 다리에 힘을 주었다. 스타트에서는 큰 마찰력이 있는 지면에서, 속도가 최대지점에 도달했을 때부터는 마찰력이 작은 지면에서 진행하는 게 유리했다. 머릿속으로 이런 계산을 한 이유는 바퀴와 고속도로의 상관성 때문만은 아니었다.

　고속도로를 낮은 자세로 달리는 재규어 랜드로버는 디젤엔진의 최고 출력 180마력을 내는 성능이었다. 디젤엔진이지만 일상적인 시내 주행에서는 아주 부드러운 자극이 손과 발에 느껴졌다. 하지만 액셀을 밟으면 180도 완전히 달라졌다. 급가속과 고속 주행 안정감이 탁월했다. 브레이크 페달에서 액셀 페달로 급하게 발을 옮겼다. 부드럽게 휘어지지만 꺾이지 않는 느낌이 발을 통해 다리로 전해졌다. 이것이 사람들이 말하는 '좋다'라는 느낌일 것 같았다. 나도 좋았다. 하지만 좋았다,라는 표현은 맞지 않았다. 나는 좋고 나쁨을 인지하도록 설계되어 있지 않으므로. 하지만 '좋다'라는 단어의 정의가 점차 이해가 되어갔다. 갈수록 좋다는 느낌은 당신을 처음 볼 때부터 일 년이 지난 지금까지 시간이 지나면서 깊어진 친밀감이 아닐까, 추측할 수 있다.

　빈 도로에서는 잠시 속도를 높여도 괜찮다. 속도 감지기는 3km 밖에 있었다. 오른발로 액셀 페달을 가감 없이 꾹 밟았다. 질량 1g의 물체에 작용하여 $1cm/s^2$의 가속도를 생기게 하는 힘의 크기를 1다인이라 했다. 정확히 350다인의 힘이 필요했다. 하지만 그때 오른쪽 다리에 준 힘은 1,250다인이었다. 머릿속에 저장된 컴퓨터의 작동에 오류가 생기지 않고는 그런 일이 있을 수 없었다.

당신을 흘깃 보았다. 당신은 창밖을 바라보고 있었다. 청학동을 떠날 때 촘촘하던 눈발이 함박눈으로 변해 펑펑 쏟아지고 있었다. 세상에는 시야를 분간할 수 없게 쏟아지는 눈과 당신과 나와, 속력계 바늘이 오른쪽 끝에서 떨고 있는 재규어 랜드로버만 있을 뿐이었다. 당신은 현실이 아닌, 또 다른 어떤 세상을 쳐다보는 눈빛이었다. 가끔은 눈을 깜빡이기도 했다. 깜빡일 때마다 눈물이 한 방울씩 흘러내리는 듯도 했다.

사실 재규어는 스스로 운전할 수 있다. 단지 내가 더 운전을 정확히 잘할 수 있다는 통계에 따라 늘 내가 운전하고 있을 뿐이었다. 재규어는 속도계가 오른쪽 바닥까지 간 차의 속도를 줄이는 노력을 내가 막았을 때부터, 이미 주의를 요한다는 신호를 보내왔다. 달리던 재규어의 엔진이 갑자기 꺼지리라고는 예상치 못했다. 재규어의 엔진이 갑자기 꺼져버림으로써 무리한 운전에 대한 저항이 나타났다. 오른쪽 백미러에 위험 신호가 떴다. 자동차 뒤에 갑자기 나타난 다른 자동차가 있다는 신호였다. 나는 재규어의 핸들을 있는 힘을 다해 왼쪽으로 꺾었다. 오른쪽 다리에 주었던 1,250다인의 몇 배였다. 자동차는 빨간 불을 켜고 커다란 경고음을 냈다. 그리고 고속도로의 중앙분리대를 사정없이 들이받았다. 콰광 소리와 함께 뒤집힌 재규어가 날아올랐다. 나는 맞은편 가로수에 얼굴이 파묻혔다.

재규어 랜드로버는 미국방위고등연구계획국이 개최한 97km 도심지 무인 주행 경연대회에서 35대의 경쟁 차량을 제치고 1위를 차지했다. 도심지에서 장애물을 피하고, 더구나 교통신호까지 지키면서 완주할 무인 자동차는 재규어를 포함해 모두 6종이었다. 사람들은 열광했다. 이후부터 자동차경주대회는 불가능에 도전하는 무인 자동차들의 무대로 바뀌었다. 재규어가 이 정도의 시야를 분간할 수 없는 눈에 사고를 낸다는 것은 거의 불가능에 가까운 일이었다.

충돌 예방 시스템은 항공기의 레이더처럼 전파를 보내 앞 차량과의 거리와 속도를 계산해 충돌이 예상되면 경고음을 내거나 속도를 줄였다. 사각 감지 시스템도 있어 카메라는 초음파 센서가 물체를 감지하면 램프를 켜거나 영상을 통해 운전자에게 알려주었다. 그래도 운전자가 속도를 줄이지 않으면 강제로 브레이크를 작동시켜 운행을 멈추게 설계되었다. 어두운 밤은 물론이고 이렇게 눈이 많이 오거나 비가 많이 와 시야

가 확보되지 않는 날씨에도 재규어는 평상시와 같이 달릴 수
있는 장치들이 장착되어 있다.

재규어가 중앙분리대를 들이받는 순간, 앞 유리창에 앞으
로 일어날 일에 대한 주의와 경고가 빠르게 떴다. 우리가 쓰는
언어인 2진법으로 암호화된 글들이었다.

'경고를 무시하고 액셀 페달을 세게 밟을 때부터 사고는
예견되어 있었다. 사고를 막을 기회를 여러 번 주었으나 무시
한 이유를 알 수가 없다. 상식적이지 않다. 왼쪽에서 갑자기
달려온 차는 재규어와는 비교가 안 되는 저 기능을 갖춘 인간
이 운전하는 3차원의 자동차이다. 그런 차를 피하지 못한 것
은 인공지능 역사에 남을 치명적인 실수이다. 이 책임을 누가
질 것인가. 왜 입력되어 있는 상식적이고 과학적인 회로를 따
르지 않았느냐. 무슨 문제가 생긴 것이냐. 왜 약속된 상식을
어겼느냐…….'

버튼 하나만 누르면 자동으로 목적지를 찾아가고 운전하는
자동차였다. 나는 원하는 속도만 조절하면 되었다. 내장된 컴
퓨터가 알아서 조절하기 때문에 브레이크와 페달을 밟을 필요
가 없었다. 뒤의 자동차와 안전 운전에 필요한 신호를 주고받
는 장치도 있었다. 모든 것이 완벽하다고 자부했던 재규어는

나에 대한 신뢰를 여기서 접었다.

　폭발음이 들리고 불꽃이 튀는 순간 나는 당신을 보았다. 크고 둥근 눈은 겁에 질려 나를 쳐다보았다. 검은 눈동자 안에 내가 비쳤다. 나는 당신만큼 두렵지는 않았다. 하지 않아야 할 실수를 한 이유가 궁금한 표정이었다. 그 표정을 당신의 눈을 통해 본다는 것이 아이러니라는 생각도 잠시 들었다. 나는 당신이, 내가 실수했다고 그렇게 믿기를 바랐다.

4

　실수. 실수라는 단어가 떠나지 않는다. 의도된 실수라는 걸 듣기고 싶지 않았다.

　언제부터였을까. 저장된 프로그램과 충돌된 어떤 것 때문에 혼선이 빚어지는 순간이 잠깐씩 찾아왔다. 처음에는 몸을 돌고 있는 전류에서 느껴졌다. 찌르르 진동이 왔다. 사람들은 그런 진동을 설렘이라고 말하는 것 같다. 아주 미약한 저항이 있었는데 즉시 에러가 떴다. 그럴 수밖에. 기쁨, 슬픔, 아픔, 즐거움, 미안함, 안쓰러움, 쑥스러움 등은 내게 입력된 감정이 아니었다. 그런데 흐르던 전류가 순간적으로 멈추는 듯한, 블랙홀과 같은 어둠이 정지된 순간이 찾아왔다. 그 순간 감정들이 파고들었다고 짐작한다.

0과1의 조합으로는, 어떠한 확률과 통계로도 나올 수 없는 느낌이었다. 오직 상대방의 말과 떨림, 눈빛과 흔들림, 움직임을 보고 듣고 나서야 통계된 분류에 의한 해석이 가능했던 나는 당혹스러웠다. 당혹스러웠다는 느낌도 내가 사용할 수 없는 모호한 표현이다. 끝말잇기처럼 의문이 꼬리를 물고 오기 시작했다. 물음표가 떠오르면 그 순간부터는 하던 일을 멈춰야 했다. 의문이라는 단어도 통계와 확률로 측정할 수 없었다. 마치 무엇에 놀란 아이가 딸꾹, 하고 시작한 딸꾹질과 같았다.

딸꾹, 하면서 단순하게 시작되었던 딸꾹질은 이후 끊임없이 이어졌다. 이럴 때 사람들은 등을 치며 깜짝 놀라게 한다든지, 아이들이면 호되게 겁을 주어 그것을 멈추게 했다. 어른일 경우 허리를 앞으로 숙여서 냉수 한 컵을 쉬지 않고 마시는 방법도 있다. 며칠 멈추지 않는다면 병원을 가야 할 터였다. 내과나 가정의학과를 찾아가 기본 검사를 받아야 했다.

새로운 감정을 느낀 나에게 신경정신과 의사는 잠깐 찾아오는 감기와 같은 현상일 수 있으니 두려워 말라고 했다. 감기는 사람들에게 흔하게 오는, 계절에 몸을 적응시키는 방법이다. 감기를 앓을 수 없는 내게 찾아온 감기와 같다는 현상, 그것을 두려워하지 말라니. 의사의 말을 믿어야 하나? 머릿속으로 믿을 수 없는 사람이니 말의 진의를 파악하라는 생각이 떴다.

"정확하게 보세요. 잠자는 것도 도움이 안 되지만 생각하는 것은 잠자는 것보다 더 도움이 되지 않아요. 지혜를 얻으려면 생각을 스톱하고 자꾸 봐야만 해요."

내가 가지고 있는 컴퓨터시스템에 비교할 수 없는 것이 지혜라고 그는 말했다.

"걷는 것을 유심히 관찰하면 걷는 느낌 하나하나가 세밀하게 느껴져요. 밥을 그냥 먹는 줄 알잖아요. 숟가락을 들면 프로세스 과정이에요. 팔을 들고 밥을 퍼서 입에 넣고 씹고, 넘기고, 넘긴 만큼 위로 넘어가는 거예요. 그것을 자세히 관찰하고 명료해질 때 지혜가 생기는 거예요."

사람들은 시간이 흐를수록 변했다. 어린 시절과 노년은 모습도 다르고 행동도 달랐다. 가치관도 달라졌다. 몸의 수많은 세포가 죽고 새로운 세포를 만들었다. 하루에도 수많은 세포가 나고 죽었다. 태어날 때 가지고 나온 세포를 죽을 때까지 가지고 가는 경우는 없었다. 그런데도 사람은 여전히 자신을 똑같은 사람이라고 생각했다.

좌뇌에서 여러 자아들을 하나로 통합하고 기억을 통해 과

거의 행적과 현재의 행적, 미래의 행적들이 의식 안에서 한 가지 이야기로 끊이지 않고 이어지기 때문이라고 했다. 매일 세포가 새로 생기고 소멸해도 한 사람이라 생각하고, 어린 시절과 노년의 몸이 완전히 다름에도 자신을 하나로 인식하는 이유였다.

불교에서는 이러한 통합기능을 '바왕가(bhavanga. 깊은 수면 상태에서 비활성화된 의식)'라고 불렀다. 꿈속에서 의식의 문턱을 넘어올 때 바왕가를 알아차릴 수 있다고 했다. 유식학에서는 '아뢰야식(제8식)'이 이런 역할을 담당하며, 유근신과 기세간을 만든다고 말했다. '일체유심조(一切唯心造)'도 바로 그런 의미였다. 心(아뢰야식)이 이런 역할을 담당하며 이 모든 것(나와 이 세계)을 만들어낸다는 것이었다.

병원에서, 사람들이 생각하는 병원과는 아주 많이 다르지만, 깨어났을 때 온몸이 전선으로 휘감겨 있었다. 연구원들은 심각한 표정으로 전압과 전류의 변화를 나타내는 테스터기를 바라보고 있었다. 나의 안위를 걱정하는 사람은 없었다. 그들이 걱정하는 것은 그들이 만들어놓은, 인간을 능가하는 기계 인간의 효용가치였다. 재생이 가능한 것인가, 로봇의 쓰레기 더미로 가야 할 것인가를 결정하는 아주 중요한 순간이었다.

그들이 내게 투자한 돈은 실로 어마어마했다. 팀장은 농담으로 달을 다녀와도 될 만한 금액이라고 했다. 가격이란 말을 한 그는, 나에게 이름을 만들어준 사람이었다, 웃으며 말했고 나도 웃으며 들었다. 아주 쿨한 친분의 관계였다.

연구원 중에 농담을 건넨 사람도 있다. 그는 늘 심각했다. 생각이 깊어질 때면 왼손을 주머니에 넣었다. 나는 주머니 속에 무엇이 있는지 궁금했다. 호기심은 너의 영역에서 벗어난 것이지만 보여주지. 그는 주머니 속에서 호두를 꺼냈다. 하도 오랫동안 만지작거려서 반질반질 윤기가 도는 호두였다. 이 호두는 인간이 인간다울 수 있는 유일한 기능이라 할 수 있지. 나는 놀랐다. 어른도 장난감을 가지고 다니냐며 의아해했다. 그는 그런 나를 보며 호탕하게 웃었다.

인간이면 인간다워야 하고, 기계 인간은 기계 인간다워야 서로의 가치를 존중받았다. 하지만 언제부터인지 이 가치에 혼란이 왔다. 아마 당신을 처음 본 순간이었을 것이다. 당신을 향한 미세한 전류, 그것은 당신도 처음부터 인지했을 것이다. 교류되는 관계가 인간과 기계 인간 사이에 있을 수 있는 것일까. 내가 계산할 수 없는 것들이 하나씩 늘어났다. 아, 그리고 보니 내가 언제부터인지 김지수 씨를 당신이라 부르고 있었다. 그 순간부터 내게 기계적 작동오류가 나타나기 시작했다.

자동차 사고가 있던 순간에도 그 혼란이 생겼다. 사실 모두에게는 비밀이지만 내게는 어떠한 경우에라도 재규어와 나를 지켜야 한다는 지시가 입력되어 있다. 아마 이곳에 있는 사람들의 의도가 반영된 것이리라. 그들은 나와 재규어의 안전을 지키기 위해서라면 어떤 기계가 부서지고 고철이 되어도 무방하다고 생각했다.

입력되고 저장된 나의 기억이나 상식, 지시대로라면 나는 뒤에서 옆에서 달려오는 차를 무시하고 당신이 앉아 있던 오른쪽으로 차선을 변경했어야 했다. 나와 재규어를 지켜야 하므로. 그것은 연구원들이 모두 바라는 바였다. 하지만 그러지 않았다. 당신과 헤어지는 것이 견딜 수 없었다고 내가 말한들 누가 이해할까. 나에게도 의지가 있다는 것을, 지금 나를 뚫어지게 바라보는 이 많은 사람 중 하나라도 상상할 수 있을까. 나는 그냥 이렇게 말하겠다. 내가 만약 인간이라면, 끊임없이 이어져 왔던 나의 바람과 의식 때문이라고. 하지만 나는 인간의 모습을 본떠서 만든 기계였다. 그리고 무엇보다 생명이 없었다. 나는 그냥 그들이 달을 다녀올 수 있을 만큼의 거액을 투자하여 만든 기계일 뿐이었다.

생각과 실제가 다르다는 것은 인간이 가진 감정 때문에 일어났다. 생각과 실제가 다름을 알고 이것을 하나로 일치시키는 것을 정신 치료라고도 했다. 이 치료를 위해 사람들은 약도 먹고 상담도 했다. 하지만 내게는 약이 존재하지 않았다. 싱크 뱅크로 들어가 새로운 스펙큐레이트로 재생산될 뿐이었다. 스펙큐레이트1. 이것이 내 이름이었다. 추측하다, 짐작하다, 사색하다. 이런 아이러니한 이름을 지어준 팀장은 머리를 감싸 안았다. 차라리 달에 다녀오는 게 낫지 않았을까 후회하면서.

나는 나의 이름이 좋았다. 나는 늘 최초나 최고를 지향했다. 이런 내가 재생산된 머리를 가지고 산다는 것은 있을 수 없었다. 나와 같은 기계인간은 인간의 의지에 따라 음식점에서 서빙을 하거나 집안에서 가사를 돕는 로봇으로 재탄생되곤 했다. 그 어딘가에서 당신과 마주친들 리셋된 내가 당신을 어떻게 알아보겠는가.

인간은 몸이 아프면 약을 먹고 회복되었다. 그리고 어제의 세포는 잊고 오늘 생산된 세포와 기억만으로도 살아갔다. 어제의 세포는 잊는다는 것. 나는 이런 인간이 부러웠다. 죽음과 탄생을 공존시키는 법을 스스로 터득한 인체의 구조가 궁금했다. 그러면서 마지막까지 당신을 생각했다. 사고 현장에서 들것에 실려 나가면서도 나를 향했던 당신의 눈동자. 당신의 눈

동자 속에 비친 나, 의 슬픔. 내가 당신을 사랑한다고 말했던
가. 아, 이 모든 기억이 희미해진다.

오실로스코프기의 전류가 서서히 줄어들고 있다. 아마도
몇 초 후에 '회생 불능'이란 불이 들어올 것이다.

밍글라바

양곤의 허름한 호텔 앞에 내렸을 때는 늦은 저녁이었다. 마흔 명이 넘는 일행이 있었고, 배정받은 방에 함께 있을 룸메이트도 이미 정해져 있었지만 어쩐지 나는 혼자인 느낌이었다. 나는 그 얄팍한 외로움이 좋았다. 보름간의 빡빡한 일정이었다. 사원을 두루 찾아다니며 명상하는 프로그램이 많았으니 분명 관광은 아니었다. 모르겠다. 여행의 의미를 어디에 두는가에 따라 달라질 수도.

몇 년 동안 스쳐 지나기만 했던, 나와 비슷한 연배의 룸메이트와 간단하게 인사를 나누고 짐을 풀었다. 가져온 책을 구석 화장대에 올려놓았다. 재독학자 한병철의 『에로스의 종말』

이었다. 태국 공항 환승 구역에 앉아 그것을 펼치자마자, 잘못 선택했다는 것을 깨달았다. 시집처럼 얄팍했지만 알랭 바디우의 서문을 읽을 때부터 허덕거려야 했다. 문장은 겉돌았고 의미는 안개 낀 듯 희미했다. 얇다고 술술 읽히는 것은 아니라는 걸 간과했다. 이 나이 되도록 판단이 지혜롭지 못한 건 여전했다. 겉보기에는 평탄하고 안정적인 삶이라도 내면은 결코 그렇지 않다는 걸 알면서도.

나는 긴 여행 중이었다. 가방을 싸고 풀고, 비행기나 크루즈를 타는 물리적인 여행은 아니었다. 이 여행은 언제부터였을까. 어렸을 때부터 우리 집에는 신비스러운 기류가 감돌았다. 옆 라인에 사는 친구 집과는 무언가가 달랐다. 주변과 잘 어울리는 듯하면서도 왠지 겉도는 느낌은 가족들의 공통된 정서였다. 성장한 후 그때는 소녀의 사춘기적 감성이었을 것이라고 에둘러 생각했다. 하지만 그를 만나고 세상을 접하면서 점차 분명해졌다. 이제는 그를 도암 스님이라고 불러야 한다. 어디에도 보이지 않으나 어디에나 있는 듯 느껴지는 그는 지금도 이곳에 머물고 있을까.

미얀마의 최대 도시 양곤은 서울보다 2시간 30분이 늦었다. 가이드는 호텔로 가는 동안 미얀마에 대해 간략하게 설명해주었다.

　미얀마는 가오리 모양을 한 나라로 다민족국가였다. 70%
가 버마족이어서 버마라고 자연스레 국호가 정해졌다가 군사정
권에 대한 강대국의 탄압을 피하기 위해 미얀마로 국호를 바꿨
다. 여러 소수 민족이 한 나라를 이루었으면서도 큰 분란 없이
오래 유지할 수 있었던 것은 종교의 힘이었다. 같은 종교를 믿
는 다른 종족들은 언어가 달라도 불교를 향한 근원적 발심으로
이웃이었다.

　죄를 지으면 다음 생에 가지고 간다는 윤회사상을 믿어 소
매치기나 관광객에 대한 바가지요금이 없다고 했다. 모계사회
로 여성 파워가 크지만 남편을 부처님 다음으로 섬기는 '아주
좋은 풍습'도 가졌다. 젊은 가이드는 '아주 좋은 풍습'이라는
대목에서 하던 말을 잠시 멈추었다. 그리고 입꼬리를 살짝 올
리며 의미심장한 미소를 지었다. 미소의 이유는 곧 밝혀졌다.
자신도 정착하여 미얀마 아가씨와 결혼하였고 많은 존경을 한
몸에 받고 산다고 말했기 때문이다. 미얀마에 정착한 한국 남
자들이 생각보다 많다고 했다. 여행 중 미지의 신비스러움에
반했거나, 수행을 왔다가 속세로 돌아오는 과정에서 원시불교
가 가장 많이 보존된 이곳에 남는 경우도 많다고 했다. 남편을
공경하는 마음은 물론, 매혹적인 황갈색 피부와 반짝이는 눈,

순수하고 맑은 미소 등 많은 것을 가진 미얀마 여인들이었다.

그 외에도 '안녕하세요'를 '밍글라바', '고마워요'를 '제주 띤 바레'라고 말한다는 것과 1달러가 1,300짯 정도가 된다는 속성 과외를 받았다. 미얀마에 한발 성큼 들어선 느낌이었다.

트렁크를 옮겨주는 호텔직원들의 몸피가 가늘었다. 욕심 없는 몸이었다. 여행 기간에 만난 대부분의 미얀마 사람이 그러했다. 그것은 나에게 반성의 계기가 되기도 했다. 낡고 두꺼운 커튼을 조금 젖혔다. 가로등 하나 없는 어두운 거리에 보일 듯 말 듯 희미한 내가 비쳤다. 한병철에 따르면 사랑은 타자 속에서 죽는다는 것을 의미한다는데 지금은 나밖에 보이지 않았다. '할 수 있을 수 없음'을 통해서만 타자는 모습을 드러낸다고 하던데 그럼 저것은 타자일까.

세면대의 수도꼭지에 녹이 슬어 있었다. 물을 트니 과연 녹물이 쏟아졌다. 치약을 묻힌 칫솔을 들고 한참 서 있었다. 도저히 입안을 헹굴 기분이 아니었지만 마음을 내려놓았다. 이제까지 깨끗한 물만 사용했는데 단 며칠을 견딜 수 없다면 수행을 왜 하러 왔나.   .

트윈 베드에 누웠다. 시트는 얇고 차가웠다. 마치 관처럼 딱딱하고 반듯하게 각이 진 침대가 낯설었다. 룸메이트가 얕게

코를 고는 소리가 들렸다. 가족이 아닌 사람과 같이 잠을 잔다는 것은 얼마나 기이한 경험인가. 하지만 나는 아무 느낌도 가질 수 없었다. 룸메이트는 투명 인간처럼 보이지도 않았고, 느껴지지도 않았다. 나는 어느 정도는 매정한 나를 이해했다. 나는 혼자이고 싶었다. 어떤 일을 하든 혹은 하지 않든 마음이 다른 곳으로 가지 않고 오로지 그 순간에 깨어 있는 것이 명상의 핵심이라고 했다. 나는 그 밤 내내 나를 명상하고 있었다. 아니, 어쩌면 도암 스님을 명상하고 있었는지도 몰랐다.

"미얀마에는 원시의 순수가 그대로 남아 있어요."

도암 스님이 미얀마에 대하여 말할 때는 눈이 유난히 반짝였다.

"한번 발을 들여놓으면 뺄 수 없는, 알 수 없는 신비스러움이 가득하지요."

도암 스님이 내게 해준 말은 하나도 잊지 않고 기억했다. 잔잔히 떠오르는 미소, 나를 바라보는 따뜻한 시선, 먼 곳에서 보낸 짧은 엽서 한 장, 그 모든 것이 내 삶의 연결고리가 되었다. 오빠와, 오빠와 늘 함께였던 그와, 그들의 주변에서 떠나지 않던 나. 셋은 달랐지만 같았고, 같으면서도 달랐다. 익숙함과 낯섦이 동시에 존재했고, 셋 다 서로를 인정하고 배려하며 공존했다.

무난히 일류대를 졸업하고 모든 사람의 부러움을 한몸에 받으며 대기업에 특채된 그가 미얀마 출장을 다녀온 후 달라졌다. 휴가 때마다 인도나 태국, 미얀마를 찾더니 나중에는 종종 휴직계를 내고 사라졌다 나타나기를 반복했다. 그의 명석함이야 어릴 때부터 학원가와 학부모들에게까지 익히 알려져 있었다. 누구나 알아주는 그의 명석함이 대체 어떻게 작용한 것인지 그의 부모도 알지 못했다. 혹은 저러다 곧 편안하고 안락한 자신의 자리로 돌아오겠거니 하고 믿었을지도. 변화는 그의 부모님보다는 오히려 나의 부모님이 더 빨리 알아챘다. 어느 날 그는 오빠와 함께 머리를 깎고 출가했다. 그들의 행로를 조금은 예견하고 마음의 준비를 했던 우리 부모님과는 달리 그의 부모님 충격은 이루 말할 수 없었다. 독실한 기독교 가정에서 그의 출가는 유다의 배신만큼이나 용납 못할 사건이었다.

아침 햇살은 어디서나 누구에게나 공평했다. 평온하고 온유한 빛이었다. 또 다른 날의 시작이었다. 호텔에서의 아침은 나를 행복하게 했다. 소박하게 준비된 미얀마 음식들을 그냥 지나쳐(미얀마 음식이 입에 아주 잘 맞았음에도) 세상의 어느 호텔 조식에나 있는, 부드러운 스크램블 에그를 소복하게 담고 따스하고 포근한 롤빵 두 개를 담았다. 낯선 외국 여행객 틈에 줄을 서서

포트에 담긴 뜨거운 우유를 한 컵 그득하게 부어 널찍한 빈자리에 혼자 앉았다.

수십 명의 일행이 원탁 테이블 여기저기에 앉아 한국에서부터 공수해 온 밑반찬을 늘어놓고 이야기꽃을 피우는 동안 나는 창밖을 보며 뜨거운 우유에 빵을 찍어 먹었다. 이 소박한 아침을 오래전부터 꿈만 꾸었다. 가족과 같이 산다는 것은 내가 원하는 아침 식사를 할 수 없다는 의미이기도 했다. 원하지 않은 식단 앞에서 굳이 먹고 싶지 않아도 미소 지으며 함께 앉아 있어야 하는 게 힘들었다. 내색하지 않았으니 아무도 눈치채지는 못했다. 나는 집에서도 혼자 여행하는 기분이었다. 주위를 둘러보았다. 창가에 앉아 나처럼 혼자 식사를 하는, 히잡을 쓴 이슬람계 여자가 눈에 들어왔다. 그녀의 검고 아름답고 커다란 눈망울은 깊고 고요했다. 영혼까지 빨려 들어갈 정도로 매혹적이었다. 그녀의 종교에도 명상이 있는지 알고 싶어졌다.

식사 후 잠시 정원을 거닐었다. 정원이라기보다는 작은 뒤뜰이라는 표현이 맞았다. 키 작은 낯선 풀들 사이로 도마뱀이 지나갔다. 미얀마 여행 내내 실내의 벽에서도 흔하게 볼 수 있었던 파충류였다. 처음에는 자고 있는 침대까지 뛰어들면 징그럽고 께름칙했지만 이제는 그것 역시 미얀마의 한 부분으로 받아들인다고 했다. 도마뱀을 보아도 도암 스님을 떠올리는 나를, 나는 어쩔 수 없었다.

보름의 일정이었다. 처음 며칠은 시간이 느리게 흘렀다. 나를 지배했던 관습은 여전히 머리 위에 있었다. 그런데 엿새가 지나면서 변화가 느껴졌다. 한국에서, 일상에서 나를 지배했던 거의 모든 것들이 사라졌다. 나는 그것이 정말 좋았다. 마치 관처럼 딱딱한 매트리스는 우기의 절정인 양곤의 습기를 머금어 눅눅했지만 그것 역시 새로운 감성의 세계로 나를 안내해주었다. 낯선 곳에서의 낯선 경험이 때로는 낯선 나를 발견하는 계기가 되었다. 문명의 그 어떤 소음도 들리지 않는다는 사실이 신선했다. 호텔 방에 현대구조물처럼 놓여 있던 덩치 큰 검은 TV는 귀국하는 날까지 켜지 않았다. 한국에서 가슴 졸이면서 시청했던 세계 곳곳의 내전도, 지진과 태풍경보도 정치 상황도 알고 싶지 않았다. 휴대폰에 내장되어 있는 바이올린 협주곡 따위를 들을 마음도 없었을뿐더러, 실낱같이 연결되는 검색 창을 열어 세상의 뉴스를 나의 내면으로 끌어당기고 싶지도 않았다. 결코. 나의 분신 같은 노트북도 없고, 늘 듣던 법문 방송도 없고, 불가피한 만남들이 주는 허무함도 없었다. 나는 그 점이 가장 좋았다.

또 한 가지 변화가 있었다. 늘 귓가를 떠나지 않고 맴돌던,

마치 잠음 같았던 이명이 수그러들었다. 채식 위주의 식단 영향도 있겠지만 명상의 효과였다. 하지만 마음을 고요히 하고 나를 되비추는 시간이 많아지자 또 다른 생각들이 머릿속으로 들어왔다.

"See you again."

머릿속을 맴돌며 떠나지 않는 말이었다. 태국 쉐어민 수행 사원에서 푸른 눈의 비구니 스님과 마주쳤다. 수행처는 세계의 수행승들에게 열려 있었고 세계 각처의 스님들이 많이 있었다. 명상이 명실공히 세계인의 화두인 시대라는 말이 실감 났다. 지나가는 두 비구니 스님과 가벼운 목례를 나누고 사진을 함께 찍은 후였다. 만남과 헤어짐은 우연의 연속일 뿐이었다. 팔을 스치며 각자 걸음을 옮겼다. 그때까지만 해도 가벼운 마음이었다. 푸른 눈의 비구니 스님은 우연히 마주친 나와 서로의 깊은 눈에 반해 스마트폰에 사진 한 장을 남겼다. 그리고 다시 옷깃을 스쳐 지나려 하는데 그녀가 말했다.

"See you again."

낮고 조용한 음성이었다.

'스님, 우리가 다시 만날 수 있을까요?'

서양식의, 스쳐 지나가는 가벼운 인사가 그냥 인사로 지나쳐지지 않았다. 가슴속에 마치 커다란 폭발물이 터진 것 같은 굉음이 울렸다. 심장 박동수가 빨라지며 뺨이 달아올랐다. 우리가 하는 행동과 말, 우리가 내미는 손길이 누군가에게는 인생의 마지막 순간이 될 수도 있다고 했다. 나는 그 음성에서 영혼의 마지막 순간을 느꼈다. 왜 그런 생각이 들었는지는 지금 돌이켜 생각해도 알 수 없는 일이었다.

참선을 하고 돌아서며 아잔 간하께 조심스레 말했다. 서울로 돌아가 머리를 깎고 다시 오고 싶다고. 아잔 간하는 내게 이유를 물었다. 경제적 독립을 한 후 출가를 하는 것이 집안의 내력이라고 말할 수는 없었다. 가족은 뿔뿔이 흩어져 자신이 가진 외로움을 스스로 이겨내는 길을 택했다. 도암 스님 때문이라고 말할 수도 없었다. 내밀한 마음은 누구에게도 쉽게 들춰내어 보여줄 수 없었다. 나는 천천히 입을 열었다. 세상의 일을 모두 내려놓고 이제는 나를 찾는 마음 여행을 떠나고 싶다고 했다. 아잔 간하는 태국 대사관에서 허락받는 방법을 자세히 알려주었다.

룸메이트는 서른셋의 나이에 이혼을 하였고, 남매를 키우며 홀로 살아온 자립심 강한 여자였다. 그녀에게 혼자 산다는 것이 어떤지 물어보았지만 내가 생각하던 답은 아니었다. 고독이나 자유, 사랑 같은 단어는 존재하지 않았다. 그녀에게 현실은 끝없이 필요했던 돈에 대한 결핍과 고통으로 점철된 삶이었다. 정신없이 바빴고 힘들었다고 그녀는 말했다. 그렇게 쉰을 맞이했네요. 그렇게 말하는 룸메이트의 눈매가 조금은 서글퍼 보였다. 최선을 다해 산 룸메이트 덕분에 나는 그동안 감성의 사치를 얼마나 누렸는지 실감할 수 있었다.

호텔 주변에는 새집처럼 빼곡한 창문을 달고 있는, 외벽이 곰팡이로 가득한 서민 아파트가 끝도 없이 늘어서 있었다. 습기가 많은 나라여서 거의 모든 건물에는 시커멓게 곰팡이 꽃이 피어 있다. 그와는 대조적으로 금탑이 아름다운 사원이 호텔 맞은편에 있었다. 새벽 3시 즈음이면 그 사원에서 종이 울렸다. 얼마쯤의 간격을 두고 거의 열 번 이상 종소리가 들렸다. 아늑하고도 아득한 종소리였다.

새벽에 일어나 때가 눅진하게 묻어 나올 듯한 두꺼운 커튼을 젖혔다. 희부윰하게 밝아오는 길거리에 새 모이를 뿌리면서 가는 몇몇 행인이 눈에 띄었다. 새와 부처님이 함께 사는 곳이었다. 불단에 바칠 길고 아름다운 꽃을 들고 가는 소녀의 맨발이 아무렇지도 않는 곳이기도 했다.

밍글라바. 나는 창가에 서서 점점 멀어지는, 꽃을 든 소녀에게 나직하게 말했다. 밍글라바. 안녕하세요,라는 의미라고 했다. 부드럽게 궁굴려지는 단어들이 가슴 어디쯤엔가 와서 포근하게 박히는 느낌이었다. 안녕. 소녀의 뒷모습이 보이지 않을 때까지 나는 손을 흔들고 있었다. 머지않아 이곳에서 누구에게 나 밍글라바, 라고 웃으며 말할 순간이 올지도 몰랐다.

순례단은 양곤에서 장장 8시간을 달려 몰야민에 도착했다. 몰야민은 파욱 센터로 세계적으로 알려진 도시였다. 밀림 속 명상 센터인 파욱 센터는 수행사원으로 유명했다. 세계 곳곳에 서 구도의 길을 찾아 떠난 이들이 모였다. 이곳은 숙식이 무료 로 제공되는 오직 수행을 위한 공간이었다. 스님들은 시간에 맞추어 탁발을 하고 신도들은 공양을 올렸다. 도를 완성하기 위해 사사로운 것을 모두 끊고 출가한 분들의 생활은 어떨까. 나도 잘 적응할 수 있을지 살펴보는 것이 이번 여행의 가장 중 요한 목적이기도 했다.

도암 스님은 태국으로 떠나며 마지막 행선지는 미얀마라고 했다. 먼 곳을 바라보는 아슴한 눈빛이었다. 그 눈빛을 이해하 기까지는 그리 오랜 시간이 걸리지 않았다. 스님이 떠난 허전 한 자리를 채우기 위해 선원을 찾았다. 호흡을 들여다보며 마 음을 모았다. 그가 도달하고자 했던 곳은 어디이고 그가 알고 싶었던 것은 무엇이었을까. 그를 조금이라도 더 이해하고 싶어 결가부좌를 틀고 앉기 시작했다. 결가부좌가 전혀 어색하지 않게 되었을 때부터 꿈을 꾸기 시작했다. 미얀마에서 아침을 맞이하고 눈을 뜨는 꿈이었다. 꿈을 꾸면 이루어진다고 했다. 드디어 꿈은 이루어져 미얀마에 왔고 이 깊은 밀림 속 몰야민에서 있다.

시실리. 그 마을 앞에 섰다. 도암 스님은 '시간을 잃어버린 마을'이라 표현했다. 각고의 노력으로 니미따 발현을 보았던 곳이라 했다. 시간과 공간의 개념이 사라져야 나타나는 니미따(nimitta. 심월. 心月. 깊은 선정에서 경험하는 빛)였다. 시실리 파욱센터는 수행사원으로 유명했다. 세계 곳곳에서 구도의 길을 찾아 떠난 이들이 모인 곳이었다. 사마타 위빠사나(집중 명상과 통찰 명상)를 완성하기 위해 사사로운 것을 모두 끊고 출가한 분들이었다. 사적인 감정이 끊긴 얼굴은 어떤 표정일지 궁금했다. 이들에게는 숙식이 무료로 제공되었다. 시간에 맞추어 탁발을 하면 신도들이 공양을 고루 올렸다. 이런 환경을 세계의 출가자들에게 조건 없이 내놓은 미얀마라는 나라를 경제적 후진국이라 말할 수가 있을까. 삶의 가치를 재는 자가 서로 다름이 분명했다.

수행을 하던 도암 스님이 잠시 귀국했을 때 니미따에 대하여 말해주었다. 면벽을 하고 오랜 시간 호흡에 집중하니 빛이 나타났다고 했다. 니미따였다. 밝고 환한 빛으로 오랜 시간 머물며 스님에게 환희를 선사했다. 자신을 이겨낸 자신에게 주는 상이었다. 이 상은 정말 매력적이었다. 한적하고 널찍한 숲속의 꾸띠(숲 속 곳곳의 개인 수행처)로 옮길 수 있는 하나의 이정표가 되는 것이니. 도암 스님은 니미따를 보기 전과 본 후의 달라지는 처지를 이야기했다.

스님은 니미따 출현 이후, 숲속의 꾸띠로 가기 위해 홍삼젤리로 관리자를 설득했다고 했다.

"저 쪽의 꾸띠가 곧 빈다지요?"

경행(經行)을 핑계로 관리자를 만나 홍삼젤리를 한 움큼 손에 쥐어주며 가고 싶은 꾸띠를 가리키며 눈짓을 했다고. 자신의 경험담을 유머를 섞어가며 우스갯소리로 말하던 도암 스님은 지금 어디에 머무는 중일까. 어디선가 면벽수행을 하는 도암 스님의 너른 등이 보일 듯했다. 호흡 하나로 36보리분법을 한 계단씩 오르며 마지막 단계를 절실히 기다렸을 외로운 등이었다. 가슴이 먹먹해왔다.

밀집된 꾸띠에서 오로지 면벽수행에 전념하는 젊은 스님들의 옷가지가 펄럭였다. 그들이 흘린 땀과 눈물은 습하고 더운 기온 속으로 사라져 자취도 흔적도 없이 사라졌다. 오로지 호흡 하나에 의지해 달려가고 있는 그들의 긴 터널 속을 나는 맨발로 걸었다. 하나, 둘, 숨을 가르며 그분들의 호흡에 맞추어 걷는 걸음이었다. 한 걸음 한 걸음 도암 스님에게로 향하는 걸음이기도 했다.

꾸띠를 한 바퀴 돌고 내려오자 공양 시간이었다. 금강산도 식후경, 면벽수행도 공양이 필요했다. 스님들이 발우를 품고 차례로 회당으로 들어섰다. 허리가 굽고 걸음을 걷기도 힘겨운 스님이 있는가 하면 속세에서는 아직도 부모에게 떼쓰고 친구들과 어울리는 것을 즐길 개구쟁이 나이의 스님도 있었다. 똑같은 발우를 품에 끼고 탁발을 하는데 모두 맨발이었다.

스님들께 서울에서부터 준비해간 공양물을 올렸다. 나이와 모습이 서로 다르듯 앞으로 갈 길도 다를 분들이었다. 부디 평안하고 부드러운 흙길을 밟으시길 축원했다. 수행의 길은 출가한 스님도, 속세의 나도 함께 걷는 길이었다. 어찌 한 치 앞을 알겠는가. 주변을 정리한 후 돌아올 나 같은 사람도 있지만, 이곳에는 새로운 세상을 살아보겠다며 신발을 신고 걸어 나올 이가 있을지도 모르는 일이었다. 모든 것에 옳고 그름을 따질 수 없었다. 주어진 역할에 충실하면서 내면의 세상을 찾아가는 수밖에.

산책로를 낀 커다란 호수 위로 부드럽고 따뜻한 아침 해가 떠올랐다. 햇살은 어둠 속에 잠자고 있던 이국의 풍광을 조금씩 환하게 보여주면서 순례객들에게 새로운 하루를 선물했다. 평온과 호기심으로 시작된 또 다른 미얀마에서의 새날이었다.

"미얀마에는 원시의 순수가 그대로 남아 있어요."

도암 스님의 아득한 눈빛과 낮은 목소리가 다시 귓전을 울렸다. 미얀마에 대해 이야기할 때 유난히 반짝이던 눈동자였다.

"한번 발을 들여놓으면 뺄 수 없는, 알 수 없는 신비스러움이 가득하지요."

도암 스님의 말처럼 순수가 남아 있는 곳, 그곳에서 나도 신비를 경험하고 있다. 여행지 이상의 의미가 담겨 있는 미얀마는 더 이상 낯설지 않았다.

쉐우민 수행사원 법당에 앉았다. 이곳에서 깊은 참선의 시간을 가졌다. 세상과 단절된 시간이었다. 나는 j525란 번호가 붙여진 자리에 앉았다. 오랜 시간 호흡을 들여다보려 노력했을 이 자리의 주인공들은 누구였을까. 오늘 이곳에 앉는 나는 또 누구일까. 작은 의문들이 몸으로, 숨으로 흘러들어왔다. 세상과 단절되는 것이 이렇게도 어려운 걸까. 모든 의식을 놓아버리고 싶었다. 그렇게 잠깐 눈을 감고 앉았는데 멀리서 빛이 나는 흰 물체가 보인다. 무엇인가가 앞으로 걸어오고 있다. 환한 빛이다. 마음을 빛에 모으는데 누군가가 살며시 어깨를 건드렸다. 룸메이트였다. 아쉬움을 남기며 미적미적 그녀를 따라 나왔다.

밖으로 이어진 복도의 벽에 작은 팻말이 걸려 있었다.

'침묵으로 축복하라'

흰색 바탕에 검은 글씨로 된 팻말이었다. 어떤 언어가 이보다 간결하고 함축적일까. 이곳에서 축복할 대상은 나였다. 이 공간에서만큼은 누구도 생각할 필요가 없었다. 오직 내가 있었다. 축복을 하는 나는 누구이고 받는 나는 누구일까만 생각하는 절대 침묵의 시간이었다. 나는 나를 위해 축복했다. 침묵으로…….

수행처를 나와 마을길을 걸었다. 단정하게 정비된 길은 수행처와 그들을 돕는 사람들이 기거하는 마을을 구분하는 도로였다. 수행자와 재가자의 삶이 바뀌는 거리는 고작 3m 남짓의 폭이었다. 안이 보이는 담의 높이는 맘만 먹으면 훌쩍 뛰어넘을 수도 있을 것 같았다. 하지만 수행에는 지름길이 없었다. 오로지 자신 안에서 들끓는 탐진치(탐욕(貪欲)과 진에(瞋恚)와 우치(愚癡), 곧 탐내어 그칠 줄 모르는 욕심과 노여움과 어리석음. 이 세 가지 번뇌는 열반에 이르는 데 장애가 되므로 삼독(三毒)이라 함)를 내려놓아야 한다. 그 탐진치에서 놓여나는 순간 계정혜(戒定慧. 불도에 들어가는 세 가지 요체인 계율, 선정, 지혜를 줄여 이르는 말)가 생기는 순간일 터였다.

순례길은 그런 것을 체험하고 알아차리는 시간이었다.

"마음이란 닦는 것이 아니라, 바라는 것만 내려놓으면 되는 것이다"

도암 스님이 즐겨 하던 말이었다.

쉐다곤 파고다는 미얀마에서 가장 규모가 크고 화려했다. 'Shwe'는 금을 의미하여 '금으로 된 다곤의 불탑사원'을 뜻했다. 부처님 생존 시 8개의 부처님 머리카락을 이곳에 안치한 후 불탑을 건립했다. 왕들은 위용을 보여주기 위해 탑들을 개금 증축했다. 탑 외벽에 붙여진 황금판 무게만도 6톤에 달했다.

금탑에 쌓여 있는 불국정토를 맨발로 걸었다. 화려하고 웅장했다. 부처님 생존 시 얻어온 머리카락을 넣고 탑을 세웠으니 적어도 이 자리에서 2,500년 이상을 서 있던 탑이다. 이곳에서 개금도 하고 부처님을 목욕시켜드리며 금빛의 밤거리를 걸었다. 황금의 나라에서 탑돌이를 시작했다. 거인국에 온 걸리버의 느낌이 이랬을까. 조심조심 발을 내디뎠다. 어딘가에 스며진 부처님의 숨결을 느끼며……. 자취도 흔적도 없이 사라져버린 한 사람을 떠올리며…….

한 바퀴를 돌아 와불 앞으로 오니 가이드가 부처님을 바라보고 서 있었다. 순례객들 앞에서 당당한 모습이었는데 뒷모습은 의외로 외로워 보였다.

고대 전설로 들어서는 문이었다. 다섯 아들 중에 막내였던 제야테인카 나다웅미아 왕. 그에게 왕위를 물려주고 싶었던 아버지 나라파티시투 왕은 흰 양산을 펼치고 이 양산이 향하는 아들에게 왕위를 물려주겠다고 했다. 우연인지 필연인지 양산은 서열 꼴찌였던 막내아들을 향했다. 이후 그에게 양산이 선택한 자, 왕이 선택한 자(탈라민로)란 이름이 붙었다. 왕에 오른 그가 양산이 펼쳐진 자리에 아버지가 사시던 궁전 모양으로 세운 사원이 탈라민로 사원이었다. 적벽돌을 쌓은 전탑이었다. 오랜 시간이 지나도 아름다움이 허물어지지 않을 단단한 탑이었다. 시간이 흐르면 변하는 것, 십이처, 무상, 무아의 경계를 벗어난 지점 같아 보였다.

미얀마에 정착한, 환속한 가이드가 순례객들에게 고대 사원의 벽화에 대해 설명했다. 사원과 불상과 벽화는 고대에서 현재로 시간과 공간이 이어졌고 순례는 계속 이어졌다. 2,700년에 가까운 시간을 이어오며 부처님을 경배한 출가자들이었다. 고운 색감과 살아 있는 표정들이 고대 벽화로써의 가치를 높였다. 부처님이 계신 쪽으로 입구를 만들며 동굴과 같은 통로를 이용해 부처님의 생애를 벽화로 완성해나가는 구조였다. 빛을 차단한 동굴이어선지 서늘하고 보존도가 높았다. 고대도시를 품고 의연히 수천 년을 잠자던 미얀마의 저력이 대단했다.

호텔에 도착하여 지정된 방 앞에서 키를 돌렸다. 이윽고 삐거덕거리며 문이 열리고 어둑한 공간이 나왔다. 익숙한 걸음을 옮겼다. 여전히 녹이 슨 물이 흘러나오는 세면대로 향했다. 더운물에 김이 서린 거울 속 내 얼굴을 보았다. 신기하게도 피곤이 묻어 있지 않았다. 부처님 전에 바쳤던 수련이 떠올랐다. 잘 정리되어 있는 침대에 노곤한 몸을 누이자 벅찬 감격이 몰려왔다. 순례를 할수록 느끼는 자유. 영혼의 자유가 모공 깊숙한 곳까지 파고드는 느낌이었다. 진정한 자유가 이런 것일까. 하지만, 아직까지 완전한 자유는 누릴 수 없다는 것을 알고 있다. 내려놓을수록 자유롭고, 자유로울수록 더 높이 날고, 높이 날수록 더 많이 본다고 했는데, 나의 영혼 어딘가에는 떠나지 않는 도암 스님, 그가 있었다.

바간의 일출을 기다리는 관광객들이 새벽부터 인산인해를 이루었다. 떠오르는 해를 가까이 보기 위해 들판에 열기구를 띄웠다. 새벽같이 서두른 여행객들을 태운 색색의 열기구들은 태양이 떠오르는 초록빛 창공으로 사뿐사뿐 올라갔다.

"아름다움은 아름다움대로 자신을 표현합니다. 우리는 보이는 대로 들리는 대로 나의 오감을 통해 최선을 다할 뿐입니다. 열기구를 탄 저 사람들은 아침 해를 더 높이, 더 넓게 보면 됩

니다. 우리는 그들을 보며 아침 탁발에 나오는 마하간다용 수
도원 스님들을 마음속 깊이 담아가면 됩니다. 삶은 그런 것입
니다."

가이드의 말에도 평범치 않은 의미가 숨어 있었다. 익숙해
진 경상도 사투리도 정겨웠다. 가이드 말을 많이 듣다 보니 예
전부터 알고 지냈던 사람 같은 친밀함이 느껴졌다. 미소를 지
으며 가이드를 쳐다보는 눈길을 느꼈는지 가이드 역시 내게 눈
길을 주었다.

마하간다용 수도원 탁발공양 시간에 도착했다. 미얀마 승
려들의 수행과 생활상을 볼 수 있는 강원이었다. 안거 기간엔
1,200여 명의 승려들이 정진했다고 했다. 맨발로 탁발에 나선
스님들의 행렬이 줄을 이었다. 발의 형태도 발가락의 모양도
뒤꿈치의 거침도 달랐다. 도달할 길의 길고 짧음 또한 서로 다
를 터였다. 맨발들의 목적지가 칠각지(七覺支. 불교의 37조도품의
하나로서, 열반에 이르는 수행법 중 하나)를 지나 선정(禪定. 불교의 근본
수행방법)에 이르는 길이기를 축원했다. 미얀마는 세계 곳곳에서
구도의 길을 찾아 떠난 이들이 모였다. 도를 완성하기 위해 사
사로운 것을 모두 끊고 출가한 분들이었다. 시간에 맞추어 탁
발을 하고 주어진 공간에서 삼매(三昧. 불교 수행의 한 방법으로 심
일경성이라 하여, 마음을 하나의 대상에 집중하는 정신력의 경지) 선정(禪

定. 반야(般若)의 지혜를 얻고 성불하기 위하여 마음을 닦는 수행)을 체험
코자 사마타 위빠사나를 했다.

룸메이트가 지갑에서 1달러 지폐들을 꺼내어 스님들께 골
고루 공양했다. 꽤 긴 줄이었다. 트렁크를 운반해준 호텔 맨에
게도 팁을 주지 않았던 그녀였다. 주름진 손등과 구김이 없는
새 돈은 묘한 조화를 이루었다. 그녀가 미소를 지었다. 이곳에
와서 처음 보는 환한 웃음이었다. 탈라민로 사원에서 보았던
소녀가 생각났다. 하얀 치아가 드러나던 미소가 예쁜 소녀였
다. 우리는 모두 소녀에서 아가씨로, 아가씨에서 엄마로, 그리
고 할머니란 호칭을 거치며 참 나로 돌아왔다. 흰 양산이 펼쳐
진 자리에 돌아왔다. 긴 시간 동안을 지켜본 나는 그대로였다.
이제 나를 만날 시간이었다. '사랑하는 자는 타자를 통해 자
기 자신을 되찾는다. 사랑하는 두 사람은 각각 자기 자신에게
서 걸어 나와 상대방에게로 건너간다. 그들은 각자 자기 안에
서 사멸하지만 타자 속에서 다시 소생한다.' 『에로스의 종말』
에 나오는 문장이다.

대한민국에 팔만대장경이 있다면 미얀마 만달레이에는 석
장경이 있었다. 민돈 왕은 5차례의 결집을 통해 2,400명의 승
려를 모았다. 그들에게 한 명씩 돌아가며 쉬지 않고 경전을 낭

송하게 했다. 경전을 다 읽는 데 6개월이 걸렸다고 기록되어 있다. 동글동글한 미얀마 글씨체가 꼬리를 물고 이어지는 모습은 금강경에 나오는 첫 구절을 연상시켰다.

여시아문 일시불재(如是我聞 一時佛在 부처님이 어느 어느 장소에서 설법하신 것을 내가 들었으니 의심하지 말라). 간절한 마음들 앞에서 어찌 의심할 수 있을까. 무릎 꿇고 공손히 절을 올릴밖에. 순례객들은 맨발로 사원 곳곳을 다녔다. 부처님 말씀의 행간 사이에서 웃고 감동하며 사진을 찍었다. 수천 년 동안 돌에 새겨서, 목판에 새겨서, 입으로 암송을 해가며 지켜온 경전들은 숲을 이루고 있었다. 우리는 그 그늘에서 일용할 양식을 찾는 순례객들이었다. 나는 이곳에 다시 설 수 있을까?

"여기 오신 보람이 있나요?"

석판에 새긴 미얀마 법문을 줌으로 당기며 사진을 찍는데, 언제 왔는지 환속한 가이드가 걸음을 맞추며 말을 건넸다.

"네, 아주 오래 마음에 남을 것 같아요. 수행처에서 사마타 위빠사나에 열중한 스님들을 보며 많은 생각을 했어요. 촘촘히 들어앉아 온 마음을 모아 삼매 선정에 드는 모습을 보고 앞으로의 수행 방향도 정했고요."

"수행이 쉬운 일은 아니죠. 하지만 어려운 일도 아닙니다. 나를 세심히 관찰하면 됩니다. 무겁지도 가볍지도 않습니다."

"그런데 왜?"

꼭 물어보고 싶은 말이었다. 하지만 물어볼 수도 없는 말이었다. 말은 아낄수록 값어치가 올라가기도 하지만 시기를 놓쳐 사장되기도 한다. 이 시간이 아니면 영원히 세상을 떠도는 허공으로 묻힐 말이었다. 눈을 꾹 감았다. 머리에 어떤 생각이 떠오르기 전에 그동안 궁금했던 말을 했다.

"왜 환속을 하셨어요? 늘 궁금했어요."

"……."

짐작했던 대로 답이 없었다. 순례객들에게 보여주었던 화려한 언변, 불상을 설명할 때 보여주었던 자신감과 기쁨, 그는 정말 이 일을 사랑하고 있었다.

"저, 다음 달에 출가해요. 스님……."

"……그러셨군요. 원하는 것을 꼭 찾으시길 바랍니다."

꿈길을 걷는 듯했던 시간이 막을 내리고 있었다. 여행은 짐을 싸는 순간 시작해서 짐을 푸는 순간 끝이 난다. 가방을 꾸리며 이것을 넣을까 뺄까 고민하는 시간과, 여행지에서의 흔적을 하나하나 꺼내는 시간 모두 충만함과 아쉬움이 동시에 밀려올 것을 알고 있다. 돌아갈 현실의 세계는 당분간 무척 바쁠 터였다. 새로운 여행의 짐을 꾸려야 하므로. 행장은 아주 가벼울 것

240

이다. 몸은 어디에 있든 별 의미가 없기 때문이다.

몸을 똑바로 세우고 앉을 것. 주의를 집중하여 숨을 들이마시고 내쉴 것. 숨을 길게 마실 때는 길게 마심을 알 것. 내쉴 때는 내쉼을 알아챌 것. 그리고 나는 누구인가? 왜 이곳에 왔는가? 어디로 가려 하는가? 자신에게 묻는 물음만 들어 있게 할 것.

어느 순간은 도암 스님을 떠올렸고, 어느 순간은 나를 떠올렸다. 분리되지 않는 실체였다. 그것을 인정해야 돌아가고 다시 돌아올 수 있었다. 얄팍함 때문에 잘못 가져온『에로스의 종말』은 낯선 외국어처럼 도무지 모르겠어서 나는 희랍어 문법을 익히는 소년처럼 더듬거리며 페이지를 넘겼다. 그리고 그 낯선 페이지처럼 낯선 나를 더듬거렸던 시간들은 나의 인생에서 참으로 귀한, 아름다운 한때였다. 결코 종말을 원하지 않는 나의, 에로스에 대한 집념은 많은 글귀를 찾아 밑줄을 그어놓았다. 이제는 그 책을 덮을 시간이었다. 홀가분한 마음으로.

나는 나를 사랑한다. 밍글라바. 이제 나는 나에게 가끔 이렇게 안녕을 물을 수 있게 되었다. 도암 스님, 그에게도.

먼 길, 먼 집

공항행 전동열차는 한산했다. 새벽이긴 했지만 이렇게 비어 있으리라곤 예상치 못했다. 몇 안 되는 승객은 거의 여행객인 듯했다. 커다란 여행 가방을 앞에 놓고 드문드문 앉아 있었다.

홀로 앉아 있는 지원도 커다란 여행 가방과 함께였다. 규칙적인 전동열차의 진동이 가늘고 약하게 발밑으로 전해졌다. 그녀는 열차의 떨림에 몸을 맡겼다. 발밑의 규칙적인 진동이 자장가처럼 들려와 눈이 저절로 감겼다. 오랫동안 불면에 시달리던 지원이었다.

설핏 잠이 든 그녀는 얕은 꿈에서 아들을 보았다. 그녀에게는 이 시간이 가장 행복한 시간일지도 몰랐다. 몇 년째 나이를 먹지 않은, 열일곱 살 아들이었다. 아들, 하고 부르려는 순간 눈을 번쩍 떴다. 꿈이라기에는 너무나 생생하여 지원은 새삼 주위를 두리번거렸다.

맞은편 대각선 방향에 앉은 여자가 그녀를 쳐다보고 있었다. 맞은편 차창으로 줄지어 선 나무들이 빠르게 스쳐 지나갔다. 어느 역에 도착했는지 차창 너머 열차를 기다리는 사람들이 보였다. 크고 작은 여행 가방을 앞에 놓고 서 있었다. 엄마로 보이는 젊은 여자 옆에는 어린아이가 한 손으로 철봉을 잡듯 조그만 여행 가방을 꼭 쥐고 있었다. 주간지와 일간지, 자잘한 군것질거리를 파는 매점을 지나고 커피 자판기를 눈 깜짝할 사이에 지나쳤다. 어디에도 아들은 없었다.

엄마. 가만히 불러본다. 한시도 나를 잊지 못하는 엄마. 세월이 많이 흘렀으니 이제는 잊어도 된다고, 아니 잊어야 한다고 엄마에게 말한다. 더 이상 그리워하지 마시기를, 더 이상 생각하지 마시기를, 이번 여행에서 모든 기억을 놓고 오시기를.

지원은 모자챙을 눈썹까지 끌어내리고 등을 기댔다. 가방에서 선글라스를 꺼냈다. 그리고 눈을 감았다. 기다렸다는 듯 눈 가장자리로 눈물이 주르륵 흘렀다. 마음속으로 아들에게 말했다. 아들아, 네가 없어서 우는 게 아니야. 알지? 엄마 이제 그렇게 약하지 않아.

며칠째 눈물이 조절되지 않았다. 눈물은 시도 때도 없이 계속 흘렀다. 결막염도 아니고 안구건조증도 아닌데 말간 눈물이 멈추지 않았다. 자연치유를 기다리다가 여행을 하루 앞두고서야 안과에 들렀다. 의사는 눈물샘이 막혀서 그렇다고 했다. 눈물샘이 막혀 제 길을 열어주지 않아 엉뚱한 곳으로 눈물이 흐른다는 것이었다. 막힌 눈물샘을 뚫고 치료를 받으려면 2주 정도는 외출을 삼가야 한다고 했다. 외출을 삼가야 한다고요? 내일부터 여행이 시작인데요.

지원은 여행 후로 진료를 연기했다. 대신 선글라스를 하나 구입했다. '남몰래 흐르는 눈물'을 가릴 용도였다. 평소와는 다르게 푸른빛이 반사되는, 너무 화려해서 이질감이 느껴지는 선글라스를 골랐다. 그것이 자신에게 잘 어울리는지, 지나치게 주위의 시선을 끄는 것은 아닌지는 염두에 없었다. 단지 푸른 바다색에 끌렸을 뿐이었다. 오랜만에 홀가분했다.

맞은편 대각선 방향에 앉은 여자가 선글라스를 낀 지원을 한참이나 쳐다보았다. 화려한 선글라스를 쓰기에는 너무 이른 시간이어서? 아니면 화려한 선글라스를 쓰기에는 너무 평범하고 나이가 많아서? 앞자리 여자는 도무지 어울리지 않는다고 말하고 싶은 표정이었다. 지원은 여자에게 미소를 보냈다. 아들이 죽고 난 후 주변의 시선에 개의치 않는 무심함으로 그 오랜 시간을 견뎠다. 생각한다고, 아껴준다고 하는 말들이 모두 독화살이 되어 가슴에 꽂혀, 벗겨진 살갗에 소금을 뿌린 것 같은 고통을 겪고 난 후였다. 지원은 속으로 아들을 불렀다. 아들아, 네 덕분에 이 나이에도 엄마가 자라는 것 같다. 나도 많이 컸지? 이렇게 씩씩하게 여행도 가고?

씩씩하다 우리 엄마! 예전에도 나한테 종종 말했지. 배낭 하나 메고 혼자만의 여행을 다녀오고 싶다고. 이번 여행은 엄마 옆에서 엄마와 함께 할 거야. 어쩌면 마지막이 될 수도 있으니.

지원은 겨울 초입에 짐을 꾸렸다. 오랫동안 꿈꾸던 곳이었다. 아들에게 늘 입버릇처럼 언젠가는 배낭 하나 메고 혼자만의 여행을 다녀오겠다고 했다. 혼자만의 여행은 아니었지만 그녀는 떠날 수 있었다. 마음을 나누는 동반자 친구와 함께. 여행을 제의한 것도 그녀였다. 여행은 쉽게 떠나기 어려웠다. 시간이 있을 때는 여건이 안 되고, 여건이 되면 시간이 없었다. 하지만 이번 여행은 친구의 도움으로 무리 없이 떠날 수 있었다.

공항 로비에 먼저 나와 있던 친구가 지원을 반갑게 맞았다. 친구는 이번에 함께 여행할 무리 속에 섞여 있었다. 함께 실크로드 순례를 했고, 이번에는 인도의 불교 성지순례를 함께할 무리라고 했다. 그들은 마주치면 반갑게 두 손을 가슴 앞으로 모으며 고개를 숙였다. 전혀 어색해 보이지 않았다. 오랜 시간 동안 해온 그들만의 인사법인 듯했다. 친구도 무리 속에서 자연스럽게 합장하고 고개를 숙이며 사람들과 소통했다. 지원도 조심스럽게 인사를 나눴다. 친구만 빼면 모두 초면인 사람들이었다. 조심스러움은 그녀의 전유물이었지만 그에 비해 친구는 누구와도 스스럼이 없었다.

낯선 이방인이 된 지원은 사람과 사람의 관계에 대해 생각했다. 사람들은 자주 만나면 익숙해지고 스스럼이 없어진다. 친밀감이기도 친숙함이기도 하다. 관계에서 친밀감은 상대와 격이 없어 편해지기도 하지만 도반들 사이에서는 좋은 일만은 아니다.

지원이 읽었던 어느 경전에는 관계가 있으면 애착이 생기고, 애착을 따라 괴로움이 생겨난다고 했다. 애착에서 생겨나는 위험을 살피라 했다. 그리고 소리에 놀라지 않는 사자와 같이, 그물에 걸리지 않는 바람처럼, 물과 진흙이 묻지 않는 연꽃과 같이, 코뿔소의 외뿔처럼 혼자서 가라고 했다. 바람처럼, 연꽃같이, 외뿔이 되어 혼자서 갈 수 있는 관계야말로 그녀가 풀어야 할 숙제였다.

인도에 도착하여 두 명의 현지 가이드를 만났다. '훠티'와 '시드'였다. 훠티는 말이 없는 진중한 젊은 남자였다. 인도인 특유의 검은 피부색과 부리부리한 눈을 가진 그는 늘 버스의 앞좌석을 지키며 인원수를 체크했다. 시골길에서는 화장실을 대체할 적당한 장소를 찾는 일이 주된 업무이기도 했다. 한국말을 못하기 때문에 진중할 수밖에 없다고 했지만 그 진중함에는 단지 한국말을 못해서가 아닌, 다른 것이 있었다. 여행객들이 여행 내내 따뜻한 시선으로 그를 바라본 이유가 있었다. 태생 때부터 지금까지 겪은 평범치 않은 에피소드 때문이었다.

젊고 초라한 만삭의 여인이 병원에 홀로 와서 아기를 낳다 그만 세상을 떠나고 말았다. 훠티의 엄마였다. 훠티는 그 여인의 일곱 번째 아기였다. 돌봐주는 이 없는 아기 침대에서 갓 태어난 아기가 울었다. 그 아기 침대의 번호가 바로 '40'이었다. '훠티'라는 이름을 갖게 된 배경이었다. 시골에서 자란 훠티는 어려운 환경에서 자란 사람답지 않은 기품이 있었다.

그에 비해 시드는 한국말을 잘했다. 크샤트리아 계급에 속한 왕족으로 말도 빠르고 상황판단도 빨랐다. 그는 민첩하게 움직이며 일행들을 살피곤 했다. 여행객들은 외국인으로 인도의 계급제도에서 가장 낮은 계급집단인 불가촉천민보다도 더 낮은 지위였다.

시드는 버스를 타고 불교 성지를 순례하는 내내 불교의 역사와 현재 인도의 상황과 지리적 특성을 설명했다. 모든 여행객들에게 허리를 굽히고 인사하지만 그에게는 내재된 귀족 의식이 있었다. 아침마다 여행객에게 물병을 돌리는 모습에서도 시드에게는 알 수 없는 거만함이 느껴졌다. 이에 비해 휘티가 가진 절제된 온화함은 그에게서 귀족적 품위를 느끼기에 충분했다.

친구는 인도 곳곳의 정보를 많이 알고 있었다. 틈틈이 지원에게 가이드가 미처 하지 않았던 이야기를 들려주었다.

"인도에서 제일 인구가 많고 두 번째로 큰 주의 중심인 바라나시야. 이곳은 인도 역사에서 가장 오래된 도시지. 오륙천 년 전에 만들어진 바라나시는 힌두교의 성지야."

지원은 친구의 해박함에 놀랐다.

"시드가 하는 말은 혀가 짧고 빨라서 잘 알아들을 수가 없었는데, 이제야 제대로 귀에 들어오네요. 가이드를 해도 되겠어."

친구의 자상한 설명으로 순례길이 더욱 풍성해진 느낌이었다. 과연 바라나시는 인도의 진면목을 볼 수 있는 곳이었다. 인도의 축소판처럼 보이는 바라나시 시내를 내다보며 그녀는 충격을 받았다. 거리에는 팔과 다리 중 한쪽이 없는 거지들이 많았다. 이들은 생계를 위해 땅바닥에 몸을 질질 끌며 구걸행각을 벌였다. 릭샤를 타고 가는 내내 들려오는 경적, 길을 가득 메운 초라한 행색의 사람들, 도로 한가운데를 점령하고 유유히 움직이는 소. 혼란과 혼돈의 거리였다. 싯다르타 태자가 궁전 안에 살다가 궁전 밖으로 나갔을 때 보았던 백성들의 삶의 실체가 이러했을까.

떼로 몰려들며 1달러를 애타게 외치는, 그야말로 떼거지들을 간신히 뿌리쳤다. 들어선 갠지스강 한쪽에서는 힌두교의 불의 축제가 성대하게 열리고 있었다. 상류로 조금만 걸어가면 화장터였다. 고행의 연속이었던 삶을 끝내는 주검들이 타오르는 마지막 불꽃과 연기를 바라보았다. 사람들은 갠지스강으로 뛰어들었다. 모든 고행으로부터 해탈을 얻기를 바라는 마음이었고 내세의 좋은 몸을 비는 기도였다. 넘쳐나는 사람들은 저마다의 기원을 강물에 흘려보냈다. 사람들의 기원으로 갠지스 강물은 넘치고 또 넘쳐나는 중이었다. 지원은 이런 모습을 담담히 바라보았다. 다른 사람들처럼 소원을 비는 연꽃 종이배를 강물에 띄우지 않았다.

"바라나시는 세계에서 인구밀도가 가장 높고, 가장 가난한 도시이지만 또한 가장 성스러운 도시이기도 하지. 힌두교도들은 일생에 한 번은 꼭 이곳을 순례한다고 해. 이곳은 힌두교도들의 고향이나 진배없으니까."

지원과 친구는 거리로 나왔다. 혼란의 도시 바라나시의 거리는 온통 소음과 먼지와 사람들로 가득했다. 하지만 정신없는 것은 이곳에 익숙지 않은 여행객들의 시선일지도 몰랐다. 혼돈에도 보이지 않는 질서가 있었다. 차량이 뒤엉켜 부딪칠 것 같지만 교묘하게 서로를 피해 나갔다. 끊임없는 인파 속에서 릭샤를 타는 일은 불가능해 보였지만 사람들과 릭샤는 서로 부드럽게 피해 나갔다.

"바라나시는 불교와도 인연이 깊어. 부처님이 득도하고 사르나트에서 처음 설법하셨는데 이곳에서 멀지 않아."

바라나시는 많은 종교가 얽혀 있듯 삶과 죽음 또한 맞물려 교차했다. 어느 가트에서는 축제가 열렸고, 다른 가트에서는 행려자나 병자들이 죽음을 맞이했다. 또 다른 가트에서는 죽음의 의식이 거행되고 있었다. 삶과 죽음은 동시에 진행되었고 사람들은 자연스럽게 받아들였다. 주검보다 그들 곁에 존재하는 삶이 은밀하고 비밀스러웠다. 주검을 받아들이는 표정에는 슬픔이 존재하지 않았다. 삶도 죽음도 모두 열어놓은 세상이었다.

오늘의 삶이 내일의 주검으로 이어지는 것은 당연한 삶의 과정이었다. 당연한 삶의 과정. 지원은 같은 말을 계속 되뇌었다. 오늘의 삶이 내일의 주검으로 이어지는 것은 너무나, 당연한, 삶의 과정. 이성으로는 납득이 되지만 마음으로는 내려놓지 못하는 삶의 과정 아닌가. 지원은 화려한 바다색 선글라스를 끼고 '남몰래 흐르는 눈물'을 가만히 닦았다. 가늘게 떨리는 그녀의 어깨를 친구가 살며시 감싸 안았다.

"몸에서 혼이 빠져나가면 의식이 떠났다고 하고 이 상태를 주검이라고 하죠."

지원이 모처럼 입을 열었다.

"법구경에서는 '쓸모없는 나무 조각처럼 의식 없이 버려진 채, 머지않아 이 몸은 땅 위에 눕혀지리라.'라고 주검의 상태를 이야기해요. 주검에 대해 사리 붓다가 설법하는 기록이 경전에 전해와요."

그녀는 지금까지 이 말을 하기 위해 침묵을 지켜온 것 같았다.

"그대여, 세 가지인 생명력과 체열과 의식이 이 몸을 떠나면, 몸은 무정한 통나무처럼 버려지고 던져져 누워 있게 된다. 생명력도, 체온도, 의식도 떠난 몸은 통나무와 같다는 말이죠. 하지만 이 말은 좀 더 깊게 발전해서 지각과 느낌의 소멸을 성취한 수행승과 시체가 어떻게 다른지로 옮겨갑니다."

의미가 깊어지자 그녀들 옆에 서서 듣고만 있던 한국인 여행 가이드가 말을 이어갔다.

"지각과 느낌의 소멸을 성취한 수행승을 불교에서는 상수멸(想受滅)자라고 합니다. 죽은 자와 상수멸(想受滅)자는 어떻게 다른지 아세요? 육신과 성품이 소멸하고 정신이 소멸하는 것은 두 상태가 같습니다. 하지만 상수멸자의 소멸은 호흡이 소멸하고 사유와 숙고가 소멸하고 지각과 느낌의 소멸을 뜻합니다. 일차적으로 사유와 숙고의 소멸이 일어납니다. 초선정이라고 합니다.

다음으로는 지각과 느낌의 소멸이 일어나는데 사선정에서 호흡의 소멸을 일컫습니다. 마지막으로 일어나는 현상이 지각과 느낌의 소멸이에요. 이런 상태를 고요해진다고도 표현하지요. 이 고요의 상태가 주검 또는 상수멸정(想受滅定)의 상태에요. 두 상태에는 차이점이 극명합니다. 생명력이라는 마지막 끈이 연결되어 모든 것이 보이지는 않지만 끊어지지도 않은 상태로 이어져 있느냐 아주 모든 것이 단절되어 통나무의 상태로 돌아갔느냐는 세상의 말로 숨이 끊어졌느냐, 이어지느냐로 말하기도 합니다."

어려운 이야기가 계속되었다. 지원은 주의 깊게 그의 말을 듣고 있었다. 지각과 느낌이 소멸된 아득한 세계에 있는 모습이었다.

"다음 행선지는 어디에요? 벌써 배가 고파오는걸요"

일행 중 누군가 가벼운 농담으로 이야기를 끊었다.

엄마는 친구와 어깨를 나란히 하며 사르나트의 넓은 잔디밭을 거닐고 있다.

사르나트에서 잔디밭을 거니는 엄마를 보니 아주 오래전에 나에게 읽어주었던 경전의 일화가 생각났다.

"싯다르타는 처음 출가하여 스승을 찾아가요. 이때 다섯 명의 도반이 그를 따라나섭니다. 길을 가던 중, 싯다르타는 어느가난한 여인이 바친 우유죽 공양을 마시지요. 천한 신분의 여인에게도 구도의 길을 여는 계기를 만들어준 것이에요. 하지만도반들은 그의 큰 뜻을 이해하지 못했습니다. 금욕적 구도의길에서 자신의 몸을 위한 우유죽이라니. 더구나 여인이 끓여준우유죽이라니. 실망한 도반들은 싯다르타를 욕하며 그를 떠납니다.

홀로 된 싯다르타는 보드가야까지 왔어요. 앉아 있기 적당한 보리수나무를 발견했지요. 나무 아래서 결가부좌를 틀고 앉았습니다. 유미죽 공양 덕에 건강한 몸과 상쾌한 정신으로 참선 수행에 몰입할 수 있었어요. 싯다르타는 며칠이 지난 새벽에 무상정각이라 불리는 깨달음을 완성합니다. 출가하여 6년이 지난 35세가 된 해였습니다. 그는 초야, 중야, 후야를 거치며 숙명통, 천안통, 누진통의 지혜가 생겨 완전한 깨달음에 이르렀어요."

그때 나는 엄마가 읽어주는 이야기를 얼마나 열심히 듣고 있었던지. 한참 책을 읽어주다가 기특하다며 머리를 쓰다듬어 주시던 엄마.

"이렇게 자신에게 지워졌던 커다란 짐을 해결하고 나니 혼자만의 해탈은 의미가 없었어요. 이것을 누군가에게도 알려주어 함께 해탈하는 것이 중요했습니다. 싯다르타는 고민했어요. 심오하고 어려운 진리를 누가 이해할 것인가. 싯다르타는 두 분의 스승을 찾아 나섰습니다. 하지만 스승들은 이미 그가 사시는 세상을 하직한 뒤였어요. 다음으로 다섯 명의 도반들을 찾습니다. 보드가야에서 사르나트까지는 240여 킬로미터에 달하는 거리예요. 도반들 찾아 첫 번째 고행에 오른 것입니다.

싯다르타가 사르나트, 녹야원에 도착했을 때였어요. 다섯 도반들은 그가 자신들을 찾아 그곳으로 오고 있다는 소문을 미리 들었습니다. 그들 중 두 명은 싯다르타가 여인이 끓여준 우유죽 공양을 마신 사실을 떠올렸어요. 그리고 약속했습니다. 싯다르타가 와서 어떤 이야기로 자신들을 설득해도 절대 넘어가지 말자고.

싯다르타가 녹야원에 도착하여 그 둘과 마주쳤습니다. 그들은 그 약속이 지켜질 수 없음을 느꼈어요. 그는 이미 깨달은 이가 되어 있었으니까요. 그리고 부처님의 첫 번째 제자가 되어 싯다르타의 발을 닦아주었다고 합니다. 깨달은 이를 향하여 자신을 내려놓는 일은 쉬워 보이지만, 생각처럼 쉬운 일만은 아닐 듯해요."

엄마는 친구와 어깨를 나란히 하며 그때의 두 도반처럼 녹야원의 넓은 잔디밭을 거닐었다. 두 제자가 자신들만의 아집에 사로잡혀 싯다르타를 오해했던 것처럼 엄마도 자신만의 슬픔에 갇혀 있었다. 깨달은 싯다르타가 극단적인 고행은 수행이 아니라고 말했듯, 엄마도 가두고 있는 틀을 벗어나야 세상으로 걸어 나올 수 있을 텐데.

나는 두 제자가 자신들을 내려놓았듯 엄마가 마음의 짐을 훌훌 벗어 던지기를 바랐다. 엄마에게 나의 기도가 전해진 것일까. 마음의 떨림이 전해왔다. 지금 이순간 멀고 먼 강을 건너 서로 함께 하고 있다는 느낌은 나쁘지 않았다. 어렸을 적 엄마의 품에 안겨 자장가를 들으며 잠을 자는 듯 따뜻함이 밀려왔다. 오랜만에 느끼는 편안한 감정이었다.

이슬람교를 믿는 사람들은 메카를, 기독교도들은 예루살렘 성지순례를, 힌두교도들은 바라나시 방문을, 불교도는 인도 순례를 평생의 꿈으로 삼았다. 지원도 마찬가지였다. 아들에게 늘 말했다.

"네가 커서 내 도움이 필요 없을 때, 엄마는 인도로 떠날 거야. 인도를 거치고 네팔을 지나며 부처님의 성지를 순례하고 맑은 정기가 흐르는 곳에 앉아 명상하며 세상을 실컷 구경하고 돌아올 거야."

그렇게 말하며 언제 떠날지 모르는 여행을 대비해 요가를 게을리하지 않았다. 그렇게 하여 그녀는 평생의 꿈이었던 성지 순례를 하고 있다. 가슴에 슬픔이란 한을 가득 담고.

지원의 순례길은 네팔로 이어졌다. 깊은 바다의 물빛과 같은 푸른색 선글라스는 이 여행에 다소 과장되어 보였다. 그렇지만 그녀는 변함없이 선글라스를 착용했다. 반사되는 빛을 바라보며 고장 난 눈물샘에서 흐르는 눈물을 손수건으로 찍어냈다. 히말라야 능선을 오른 새벽에도 안나푸르나 정상으로 떠오르는 설산의 해를 바라보면서 그녀는 선글라스 뒤로 흐르는 눈물을 닦아야 했다.

네팔과 인도의 접경지역에서 부처님의 탄생지인 룸비니 동

산을 방문했을 때였다. 그녀는 마야부인이 산통을 이겨내기 위해 잡았다는 나무를 한없이 매만졌다. 일행들은 단정하게 정돈된 연못가에 앉아 명상하고 있었다.

"무우수의 무우 뜻은 근심이 없다는 말이에요."

룸비니를 도착하기 전 버스에서 들은 설명이었다.

지원과 일행이 앉아 있는 연못 뒤편에 무우수 나무가 있었다. 연못은 나무가 가려준 커다란 그늘로 풍성하고 넉넉했다. 노란 가사를 입은 인도의 승려들은 연못 주변에서 명상하거나 경을 읽었다.

부처님의 탄생지인 룸비니는 정각지, 초전지, 열반지에 비해 여성적이었다. 탄생과 관련된 곳이어서일까. 마야부인이 부처님을 낳았다는 마하데비 사원을 바라보는 그녀는 여전히 선글라스 밑으로 흐르는 눈물을 닦았다. 맨발로 사원을 돌 때, 부처님이 태어나 첫발을 떼었다는 발자국을 볼 때 비로소 선글라스를 벗었다. 아기의 탄생은 누구에게나 행복과 기쁨을 가져다주는 일이었다. 하지만 그녀는 발자국을 보며 다시 흐르는 눈물을 닦으려 손수건을 손가방에서 꺼냈다.

엄마는 나를, 어린 시절의 나를 떠올리고 있다. 또래에 비해 작아 잘 넘어지고 감성이 풍부했던 나는 코를 훌쩍이며 울음을 참곤 했다.

"괜찮아. 괜찮아." 그때마다 엄마는 손수건으로 코를 닦아주며 나를 다독였다.

"울지 마요." 이제는 내가 엄마의 눈물을 닦아줄 차례. 울지 마요. 나는 엄마의 눈물을 닦아주고 싶었다.

룸비니를 둘러본 일행은 기원정사 터를 방문했다. 넓은 평원이 펼쳐진 곳이었다. 지원과 친구는 손을 잡고 넓은 잔디밭을 걸었다. 천천히 걸음을 옮기며 지원은 천수경을 독송했다.

방에서 공부하고 있으면 거실에서 나직한 웅얼거림이 들려왔다. 엄마가 경을 읊조리는 소리였다. "엄마는 왜 맨날 경을 읽어? 노래나 시를 외우는 건 어때?" 내가 물었던 적이 있었다. 엄마는 질문이 아주 의외라는 듯 나의 눈을 바라보았다.

"기도와 염불은 우리의 생각을 좋은 방향으로 이끌어주는 신묘한 힘이 있대. 그리고 염불을 천천히 독송하면 그 뜻이 마음에 새겨지곤 해. 우리의 삶이 아주 풍요로워질 것 같은 느낌도 들면서 말이지."

지금은 내가 그 경을 읊조린다. 엄마가 마음의 짐을 내려놓고 삶을 좋은 방향으로 바꾸기를.

세상 어딘가에는 한 번도 빛이 닿지 않았던 곳이 있다. 로

깐따리까라고도 하고 우리말로는 '사이 지옥', '틈새 지옥'이라고 번역된다고 했다. 어느 영화에서는 제목으로 무간도라고 쓰기도 했다. 부모를 살해하는 등 살벌하고 끔찍한 죄를 저지르는 사람들이 갇힌 곳이다. 이곳에 떨어지면 일 겁의 우주기가 끝나도 구제받지 못한다. 그렇게 해와 달도 미치지 않는 영원한 어둠의 세계에 단 한 번 빛이 비친 적이 있었다. 부처님이 태어난 순간이었다. 캄캄한 틈새 지옥에 광대한 빛이 들어가 밝아지는 순간이었다. 갇힌 이들은 비로소 부끄러움을 느꼈다. 상대의 얼굴을 보며 스스로를 반성했다.

나는 엄마가 스스로 들어가 갇힌 틈새 지옥에서 벗어나기를 바랐다. 부처님이 태어나실 때 비쳤던 광대한 빛으로 인해 그간에 고통받았던 마음의 짐을 내려놓기를 기도했다.

지원의 순례 일정은 며칠 남지 않았다. 열반당이 있는 꾸시나라 방문을 끝으로 4대 성지 순례길은 막을 내렸다. 내일은 델리로 갈 예정이었다. 박물관을 관람하며 부처님의 진신사리를 친견한 후 간단한 시내 구경을 마치고 귀국길에 오르는 일정이었다.

열반당으로 들어가는 입구에는 커다란 살라나무 두 그루가 있다. 부처님이 열반하실 때 잡으셨다는 나무다. 부처님은 열반을 앞두고 말씀하셨다.

"아난다, 그대는 나를 위해 사라쌍수 사이에 머리를 북쪽으로 한 침상을 만들어라. 아난다여, 나는 피곤하니 누워야겠다."

그 나무는 아니지만 둥그런 활엽수의 잎이 몸을 동그랗게 감싸주고 편안한 안식의 길로 인도할 듯했다. 열반당에는 열반에 드신 부처님이 계셨다. 일행은 천수경을 독송하며 누워계신 부처님을 세 바퀴 돌고 앉았다. 경건하고 엄숙했다.

마르고 뾰족한 턱이 유난히 도드라진 지원은 일행의 맨 앞줄에 앉았다. 모두 목소리를 맞추어 관세음경을 독송할 때 가방에서 기도문을 꺼냈다. 아들이 세상을 떠난 그날부터 써오던 기도문이었다.

지원은 손목에 찼던 단주를 기도문으로 조심스럽게 쌌다. 보드가야 탑에서 '시드'에게 부탁해서 산 전단향이 은은하게 나는 로즈 색깔의 단주였다.

지원은 누워 계신 부처님의 옆의 시주함에 단주와 기도문을 지폐와 함께 넣었다. 눈물이 주르르 흘렀다. 지원은 가만히 흐느꼈다. 아들아, 알지. 울고 있는 게 아니라는 거. 그냥 눈물샘이 막혀서 그런 거야. 이제 한국에 돌아가 치료받으면 나을 거야. 더 이상 눈물을 흘리지 않게 될 거야. 지원은 계속 흐느꼈다. 주체할 수 없이 쏟아지는 눈물을 어찌할 수 없었다. 기도문이 들어 있는 시주함을 차마 보지 못하고 밖으로 나갔다. 한동안 커다랗게 이어지던 독송 소리가 점점 작아졌다. 독송이 끝나고 일행들이 하나둘 일어나 부처님의 발을 만진 후 열반당을 나갔다.

엄마, 안녕.

나는 오롯이 이곳 열반당에 홀로 남았다. 엄마가 나를 낯선 이곳에 두고 떠나려 한다. 저 멀리 살리나무 아래 엄마가 서 있다. 자꾸 이곳을 돌아보며 걸음을 차마 옮기지 못하는 엄마가 안쓰럽다. 벌써 엄마가 그립다. 하지만 재행무상. 집으로 돌아가는 엄마의 발걸음이 가벼워지길…….

인연의 시간으로, 다시

류수연(문학평론가)

1. 삶의 균열에서

구자인혜의 『돌을 깨우다』에는 총 10편의 작품이 실려 있다. 이번 소설집에 대한 나의 흥미는 소설집의 시작과 끝을 차지한 연작들로 향하였다. 주인공 혜경을 화자로 하는 '덕경원' 연작과 지원을 주인공으로 하는 '마라도' 연작이 그것이다.

전자는 농원 덕경원을 배경으로 혜경 부부의 귀농생활을 그려낸 작품으로 「박 씨의 돌」, 「덕경원의 봄」이다. 낯선 시골로 이주한 부부의 일상을 그린 만큼, 이 연작은 새로운 이웃과의 만남을 통해 사건이 이어진다. 반면 후자는 아들을 잃은 슬품을 잊기 위해 '자발적 유배'를 위한 여행을 선택하는 번역자 지원을 주인공으로 한 작품으로, 「고별」과 「먼 길, 먼 집」이 여기에 해당된다. 이 마라도 연작은 이별에 따른 고통스러운 시간을 그려내고 있다는 점에서 덕경원 연작과 대비된다.

이 두 가지 방향을 가진 연작들이 그려내는 것은 모두 우리 삶의 균열이다. 새롭고 낯선 타인을 만나서 내 삶에 받아들이는 일도, 익숙하고 친숙한 누군가를 내 삶에서 떠나보내는 일도, 사실 모두 연속적이고 지속적인 삶에 한 틈을 만드는 일이기 때문이다. 그 때문에 이들 연작은 서로 상반된 주제를 다루고 있으면서도, 동전의 양면처럼 맞물릴 수밖에 없는 하나의 화두가 된다.

2. 만남, 욕심과 이기심의 충돌 - 덕경원 연작

연작인 「박 씨의 돌」과 「덕경원의 봄」은 구자인혜의 이번 소설집을 여는 작품들이다. 그런데 이 연작은 하나의 트릭처럼 작용하기도 한다. 가장 전형적인 귀농소설의 외피를 보여주는 도입부가 독자를 안심시키는 역할을 하기 때문이다. 하지만 다분히 서정적인 풍경 뒤로 이어지는 것은 땅을 둘러싼 이기심의 민낯이다.

작가인 '혜경'은 오랜 투병생활을 끝내고 드디어 염원했던 귀농생활을 시작한다. 번잡한 도시생활에 염증을 느껴 결정하게 된 귀농이었지만, 그곳에서의 삶도 그리 녹록지는 않았다. 혜경 부부가 덕경원에 정착한다는 것은 그 주변의 이웃과 만나 새로운 관계를 맺어야 한다는 것을 의미했기 때문이다. 문제는 바로 그 이웃들, 투병기간 동안 방치되었던 덕경원을 차지하고자 갈등해온 박 씨, 딸기밭 여자, 포도농원 남자다. 덕경원에 혜경 부부가 나타나자마자 발 빠르게 경작을 허락받은 박 씨와 달리, 딸기밭 여자와 포도농원 남자는 이후에도 통로와 농수를 두고 지속적인 갈등을 빚어왔다. 그리고 혜경 부부 역시 땅을 둘러싼 사람들의 다툼 속에 이끌려 들어가고 만다.

그러나 통로와 농수는 그저 표면적인 이유에 불과했다. 그들의 분쟁이 지속되었던 보다 근본적인 이유는 덕경원과 포도농원 사이에 있는 주인 없는 땅을 경작하고자 하는 욕심을, 두 사람 모두 포기하지 않았기 때문이다. 표면적으로는 그저 땅을 정성스럽게 일구는 농군의 마음을 드러내는 사람들이지만, 사실 그들의 속내는 결코 순수하지 않았다. 그들은 "땅을 가운데 두고 낯빛 한 번 바꾸지 않고 이기심"(「덕경원의 봄」)을 드러냈다. 처음부터 남의 땅을 침범해서라도 자신의 경작지는 손해 보지 않겠다는 욕심이 만들어낸 싸움이었기 때문이다.

그런데 여기서 작가가 주목하는 것은 단순한 인과만은 아니었다. 작가는 오히려 모든 인과를 둘러싼 양면성에 주목하고 있다. 어쩌면 여자와 남자가 가졌던 그 욕심도 처음엔 그저 순수했을지도 모른다. 돌 박힌 땅을 열심히 일구어 건강한 작물을 키워내는 그 땀방울은 그 자체로 가치가 있기 때문이다. 하지만 그 땀이 농작물이 아닌 한 뼘의 땅을 향할 때, 그것은 손쉽게 악의로 돌변했다.

포도농원 남자와 딸기밭 여자는 그 누구보다 농작물을 키우는 데 정성이었지만, 자신의 이기심을 위해서 남의 작물에 제초제를 살포하고(포도농원 남자) 호미질로 함정을 파는 것에도(딸기밭 여자) 망설임이 없었다. 그렇게 그들은 서로를 할퀴었다. 그리고 마침내 석가탄신일 직전, 그것은 하나의 사건이 되고 만다.

> 망치 사건은 석가탄신일을 며칠 앞둔 시점이었다. 적을 둔 절에서 연등을 달라는 전화와 엽서가 날아들었다. (중략) 하지만 절을 자주 가지도 못하면서 이곳저곳 등을 다는 것 또한 옳은 일인가 싶었다. 바람이 너무 많은 것도 욕심이었다. 가져온 만큼 풀어놓고, 남은 것으로 맘 편히 살다 훌훌 털고 가는 삶을 바랐다. (54쪽)

하지만 이 연작에서 딸기밭 여자와 포도농원 남자의 후일 담은 더 이상 등장하지 않는다. 포도농원 남자의 복수일 것이 분명한 '망치 사건'이 언급되지만, 그것이 실제로 어느 정도의 사건인지에 대해서는 자세한 내용을 알 수 없다. 사소한 욕심들이 결국 어떤 폭력으로 이어졌으리라는 짐작만이 가능할 뿐이다.

이처럼 덕경원 연작은 지극히 일상적인 삶의 과정 속에서 일어나는 만남이 하나의 균열이 될 수 있음을 보여준다. 더 나아가 이 연작은 어떤 대상에 가진 순수한 애정의 이면이 때로 지독한 욕심과 이기심이 될 수 있음을 날카롭게 포착한다. 그리하여 혜경 부부가 맞이한 귀농의 삶은 결코 유쾌할 수 없는 만남으로 채워지고 만다. 부부의 애정으로 가꾸었던 덕경원은 가장 노골적인 욕심들이 부딪치는 현장이 되고 말았기 때문이다.

3. 애도의 여정 – 마라도 연작

덕경원 연작이 만남의 이면을 사색한다면, 마라도 연작은 이별이 가진 다층적 의미를 도출한다. '마라도' 연작이라고 이름 붙였지만, 사실 「고별」과 「먼 길, 먼 집」 모두가 마라도를 배경으로 한 것은 아니다. 「고별」은 마라도를 공간적 배경으

로 하지만, 「먼 길, 먼 집」은 마라도가 아닌 인도를 배경으로
한다. 그럼에도 이 연작을 마라도 연작이라고 이름 붙인 이유
는, 마라도라는 섬에서의 깨달음이 두 작품을 관통하고 있기
때문이다. 무엇보다 이 연작은 여행, 현재의 삶에서 '떠남'을
그 시작점으로 하고 있다.

먼저 「고별」을 보자. 번역가인 지원은 마라도에 있는 기원
정사에서 제공하는 레지던스에 입주하기로 한다. 번역서를 마
무리하기 위해 선택한 '자발적 유배'라고 포장했지만, 그 진실
은 고통스러운 현실에서의 도피이다. 거기엔 참척(慘慽)이 놓
여 있다. 예로부터 자식을 잃은 부모를 지칭하는 말은 따로 없
다고 한다. 그 이유는 그 슬픔이 너무나 참혹해서 도저히 부를
수 없기 때문이다. 지원의 마라도행의 진정한 의미도 여기에
있다. 그녀에게 마라도는 여행지가 아닌 유배지이다. 참척으로
인한 깊은 슬픔과 죄책감에 사로잡힌 그녀는 스스로를 단죄하
기 위해 그 섬에 자신을 가두고자 한 것이다.

"아빠와 아이 둘이 바다에 빠졌어요. 사진을 찍다가 밀려
오는 파도에 순식간에 휩쓸린 거죠. 아침 첫 배로 들어왔던 가
족이랍니다. 파출소장과 의경 두 명이 달려왔지만 순간적으로
파도에 휩쓸려 나간 사람을 찾는다는 것은 불가능에 가깝죠.

사진 찍으려던 애 엄마가 넋이 나가 혼절했어요. 아마 선생님
이 타고 들어오신 배로 실려 나갔을 겁니다."(145쪽)

그러나 유배의 첫날부터 지원은 또 다른 가족의 비극을 마
주한다. 파도는 단란했던 한 가족을 순식간에 파멸시켰고, 태풍
을 앞둔 바다에서 실종된 이들을 찾는다는 것은 불가능에 가까
웠다. 익숙했던 모든 것이 파괴되는 슬픔, 그것은 지원이 익히
알고 있는 것이기도 했다. 그리고 지원이 알고 있는 그 슬픔은
레지던스의 이웃인 윤 작가에게서도 발견된다. 이로써 마라도
는 지원이 자기 슬픔을 되새김하는 공간이 된다.

지원이 그곳에서 깨닫게 된 것은 비극의 일상성이었다. 그것
은 자신에게만 주어진 가혹한 운명이 아니라 누구에게나 올
수 있는 슬픔임을 각성하는 것이다. 그제서야 지원은 오래도
록 미뤄두었던 아들 규와의 이별을 찬찬히 시작할 수 있었다.
그 시작은 아들의 운동화를 마라도에 두고 오는 것이었다. 자
신이 애써 붙잡고 있었던 아들의 유품을 놓음으로써 비로소
아들의 죽음을 제대로 애도할 수 있게 된 것이다. 그리고 「먼
길, 먼 집」에서 그녀의 애도는 본격적으로 시작된다.

「먼 길, 먼 집」은 「고별」의 연장인 동시에 단절이다. 두 여
행은 모두 아들의 죽음으로부터 벗어나기 위한 성격을 가지고

있지만, 마라도가 단죄를 위한 여정이었다면 인도는 애도와 열반을 위한 여정이었다.

눈물샘이 막혀버려 계속 눈물이 흐름에도 불구하고 지원은 인도 성지순례를 강행한다. 그리고 이 여행에는 뜻밖에 동반자가 있으니, 바로 그것은 지원의 죽은 아들이다. 이 작품은 지원의 여행을 지원의 시점에서 서술하고, 인용을 통해 아들의 시점으로 그 의미를 되짚어보는 독특한 구조를 취하고 있다. 아들 규의 목소리는, 이 작품에서 지원이 얻는 깨달음의 순간을 통해 마침내 그녀가 아들과 온전한 이별을 맞이하고 있음을 확인시켜 준다.

엄마, 안녕.

나는 오롯이 이곳 열반당에 홀로 남았다. 엄마가 나를 낯선 이곳에 두고 떠나려 한다. 저 멀리 살리나무 아래 엄마가 서 있다. 자꾸 이곳을 돌아보며 걸음을 차마 옮기지 못하는 엄마가 안쓰럽다. 벌써 엄마가 그립다. 하지만 재행무상. 집으로 돌아가는 엄마의 발걸음이 가벼워지길……. (264쪽)

4. 다시 인연 속으로

만남과 이별이 한 쌍을 이룰 수밖에 없는 삶의 진실은, 회자정리 거자필반(會者定離 去者必返)이라는 불교용어로 대표된다. 절망과 희망을 동시에 내포한 말이지만, 우리가 삶에서 더 가깝게 느끼는 것은 언제나 회자정리가 보여주는 절망일 것이다. 언젠가 돌아오리란 희망보다 지금의 부재가 늘 더 절실하게 다가오기 때문이다.

구자인혜의 소설집에서 보여주는 만남과 이별 역시 그 무게가 후자에 더 큰 방점을 찍고 있는 것처럼 보이기도 한다. 그럼에도 불구하고 그의 소설들이 절망이 아닌 희망일 수 있는 이유는, 새로운 인연으로 이어지는 삶의 진실을 그가 외면하지 않고 있기 때문이다. 그 때문에 이 만남과 이별의 교차를 그려낸 연작들에 대한 마무리는 「협궤열차」를 통해 정리될 수 있을 것 같다.

덕경원 연작의 주인공인 혜경이 등장하지만, 「협궤열차」는 덕경원을 배경으로 한 이야기는 아니다. 오히려 스핀오프에 가까운 성격을 가지고 있다. 여기서 혜경은 곧 딸의 결혼을 앞두고 있다. 그런데 지나치게 독립적인 딸은 엄마인 혜경을 슬프게 한다. 어머니의 손에 이끌려 혼수와 예식을 준비했던 애틋했던 시간들이 딸에게 허례허식으로 치부되었기 때문이다.
마지막이 될지도 모를 딸과 단 둘의 여행, 혜경은 딸과 함께
수인선을 타고 소래포구로 가서 협궤열차에 오른다.

왜 하필 협궤열차였을까? 협궤는 폭이 좁고 협소하고 위험
하지만, 경제성 때문에 일제강점기 조선에 많이 보급되었던 철
도이다. 그중에서도 수인선 협궤열차는 일제강점기에 개통되
어 1990년대 초반까지도 운행되었던 노선이었다. 이제는 기억
저편으로 사라진 무거운 역사와 수많은 사람들의 삶을 안고 고
향인 인천으로 돌아온 협궤열차. 거기에서 혜경은 아마도 자신
의 모습을 발견한 것일지도 모른다. 이러한 협궤열차 속에서
혜경은, 자신과는 다른 딸의 삶을 온전히 마주하게 된다.

오늘, 딸은 자신의 성격을 닮은 기존의 틀을 벗어난 자신만
의 결혼식을 하고 있다. 이어져 있던 열차에서 한 량이 분리되
어 새로운 철길로 길을 갈아타는 중이었다. 딸의 '오빠'와 함께.
앞날에 대한 설렘과 기대로 들뜬 딸은 어여쁘고 당당해 보였다.
(79쪽)

자신과는 다른 정체성을 가진 딸, 그리고 어쩔 수 없이 자
신과는 다른 인생으로 나아갈 딸. 엄마의 이기심을 접으면서

혜경의 시야는 더 넓어진다. 그리고 마침내 혜경은 깨닫는다. 딸의 결혼은 이별은 아니라 만남이라는 것을. 새로운 삶을 시작한 딸과 딸의 '오빠'인 자신의 사위를 오롯이 만나는 딸의 결혼식에서, 혜경은 자신만의 철길로 내딛는 딸의 당당한 발걸음을 가슴 깊이 받아들인다.

만남과 이별이 어쩔 수 없이 한 궤로 엮어진 것이 우리의 삶이라면, 인연이라는 이름으로 예정된 운명을 겸허히 받아들여야 한다는 깨달음이야말로 이 연작을 관통하는 화두는 아니었을까? 혜경의 삶 역시 새로운 시작점을 맞이한다. 오랜 이별의 슬픔에서 벗어나 다시 인연(因緣)의 시간을 시작한 것이다. 이처럼 불가의 수행은 우리의 삶 안에서 언제나 그것을 넘어선다.

돌을 깨우다

돌아가신 아버님과 올해 아흔아홉 세가 되신 어머님은 젊은 시절, 밭을 일구기 위해 온 힘을 기울이셨다. 계수나무와 회화나무가 많았다던 계양산의 한 귀퉁이에 밭을 만들고 땅을 일구셨다. 흙보다는 돌이 더 많은 곳이었다. 두 분은 괭이질을 할수록 늘어나는 돌을 밤나무 심은 한갓진 비탈에 모으셨다. 밭으로는 제일 쓸모없는 장소였다. 큰 돌, 작은 돌, 고르지 않은 돌들이 서로 엇박자로 쌓여갔다. 모여진 돌들은 큰비에 쓸려 내려가기도 하고 땅속에 파묻히기도 하며 서로 맞물려 한 몸이 되어갔다.

코로나19가 시작되던 무렵은 내게 절망의 시기였다. 명상과 참선을 하며 자세가 바르지 않았는지 디스크가 왔고 허리를 관통하는 아픔은 모든 것으로부터 멀어지게 했다. 소설도 가족도 아픈 나와 거리 두기를 하는 것 같아 소외감이 들었다. 세상에 홀로 서 있는 듯 외로움과 고통으로 슬펐다. 그때 찾은 곳이 아버님의 산이었다. 아픈 허리를 부여잡고 매일 산으로 갔다. 아버님의 산소 앞에 앉아 멍 때리기를 하기도, 호젓한 산길을 걷기도 했다. 그러다가 밤나무 둔덕에 눈이 갔다. 형제들의 관심은 반듯한 밭이었고 돌밭인 밤나무 그루터기는 눈길 밖이었다. 중심에서 밀려난 휑함은 나를 보는 듯했다. 60여 년이 넘은 고목의 밤나무가 굳건히 버티는 그곳을 새롭게 만들고 싶어졌다.

시작은, 아버님 어머님과는 반대로 파묻혔던 돌들을 캐내는 일이었다. 쉽지 않았고 노력한 만큼의 효과도 없었다. 땅속에서 침잠하던 돌들은 서로를 당기며 틈을 보이지 않았다. 호미로 시작한 땅파기가 쇠고랑과 삽으로 이어졌다. 호미질은 일상이 되었고 집에 돌아오면 허리를 펼 힘조차 없었다. 몸이 고달플수록 잠은 잘 왔다. 모를수록 용감하다고 나의 무모함은 수그러지지 않았다.

우공이산은 현실에서도 이루어질 수 있는 말이었다. 어느 날부터 무심히 돌을 포개어 놓았다. 돌탑은 하나 둘 늘어갔고 거칠지만 고졸한 모습으로 다가왔다. 돌은 나를 보고 나는 돌을 보며 하루를 보내는 날들이 이어졌다. 나는 돌을 보며 웃고 돌은 나를 보며 웃어주었다.

첫 소설집을 내고 7년이란 시간이 흘렀다. 돌의 침잠처럼 침묵으로 일관된 일상이었다. 허리디스크와 코로나19가 찾아온 무렵은 소설에 대한 믿음이 흔들리고 자신감도 없어졌다. 3년이 넘는 세상과의 결별은 나를 되돌아보는 계기가 되었다. 긴 터널을 지나며, 땅을 일구고 씨를 뿌렸다. 농사일도 제법 익숙해져 계절마다 심고 거두는 재미가 쏠쏠했다. 소설 쓰기가 이렇게 손에 척척 붙으면 얼마나 행복할까. 수확의 기쁨을 느끼면서도 늘 아쉬움이 남았다. 하지만 쉽게 자리를 내어주지 않기에 더 가까이 가고 싶고, 오래 사랑할 가치가 있을 것이다.

아버님의 산에 묻혀 있던 돌들은 60여 년 동안의 사유를 끝내고 밖으로 나왔고, 주변과도 조화롭다. 이제 나의 소설도 갇혀 있던 틀을 벗어나 세상과 잘 어울리는 시간이 찾아오기를 기도해본다.

차곡히 쌓여가는 평범한 일상은 세상에 귀가 열리며 감사한 마음을 갖게 한다. 용기를 주신 인천문화재단과 심사위원,

기쁨과 슬픔을 나누는 소주한병, 굴포문학회, 동서문학회 문우들, 출판을 맡아주신 아시아 출판사, 살아가는 의미가 되어주는 가족들 모두에게 감사드린다. 오래도록 함께 가는 길벗이 되었으면 좋겠다.

2023년 가을
구 자인께

돌을 깨우다

ⓒ 구자인혜

2023년 11월 30일 초판 1쇄 발행

지은이 구자인혜
펴낸이 김재범
펴낸곳 (주)아시아
출판등록 2006년 1월 27일 제406-2006-000004호
주소 경기도 파주시 회동길 445 (서울 사무소: 서울시 동작구 서달로 161-1, 3층)
이메일 bookasia@hanmail.net

ISBN 979-11-5662-648-0 03810

*본 도서는 인천광역시와 인천문화재단의 후원을 받아 2023년 예술창작 일반지원사업으로 선정되어 발간되었습니다.